Sonya
ソーニャ文庫

軍服の渇愛

富樫聖夜

イースト・プレス

contents

プロローグ　狼は渇望《かつぼう》する

――一体、いつから飢《う》えていただろう。

――一体、いつから見ているだけでは足りなくなったのか。

それでも彼女にだけは触れてはならないと心に誓っていた。

「抱いてください。私、グレイ様になら何をされてもいい」

――その少女が、一糸纏《いっしまと》わぬ姿で目の前に立っていた。

やめろと彼女に言った。常ではない自分の今の状態なら、少し触れられただけで理性の枷《かせ》が吹き飛ぶのが分かっていた。

挑発には乗らない。彼女を自分の運命には引きずり込まない。

そう決めていたのに、けれどその身体を誰かに開いたのかと考えただけで、いともたやすく理性の糸は引きちぎれる。

彼女を組み敷いて、ようやく自分が飢えていたことを知る。

差し出されたその身体を貪《むさぼ》った。

痛みに泣く彼女に嗜虐心《しぎゃくしん》が煽《あお》られ、劣情《れつじょう》を叩きつける。

無垢《むく》なその身体を拓《ひら》いて、精をぶちまけ、己のものとした。

それなのに――。


「まだですよ、お嬢さん。まだ全然足りないんです。これだけじゃ、この飢えは満たされない」

飢えが止《や》まない。満足した傍からもっと欲しくなる。


怯《おび》える彼女をうつぶせにし、腰を摑んで後ろから貫く。

「ひゃあっ、んんっ、あ、ああっ。激し……」

無意識に逃げようとする腰を摑んで奥を穿《うが》つ。

この飢えが満たされるまで放すつもりはなかった。

煽ったのは彼女だ。せっかくこの卑しい渇望から遠ざけ、守ってきたのに。

だから、逃げることなど許さない。

怒りと抑えきれない欲が、熱い身体を支配していた。

誓いを破った己と、誓いを破らせた彼女が憎かった。

けれど、ずっと守り慈しんできた女性を蹂躙《じゅうりん》し、その胎内《たいない》に白濁《はくだく》を注ぎ込みながら、己が愉悦《ゆえつ》の笑みを浮かべていることを、確かに感じていた。

第一章　憧れの人

彼らが扉から入ってくると、その場が一気に華《はな》やいだ。

軍で支給されている紺の正装服に身を包んだ精悍《せいかん》な男性陣に、近くにいた貴婦人たちが色めき立つ。

「まぁ、フェリクス様とグレイシス様もいらっしゃるわ！」

「私、声をかけてくる！」

男たちは瞬く間に独身の貴族令嬢たちに囲まれた。

その様子を少し離れた場所で見ていた、グリーンフィールド伯爵令嬢エルティシアはほぅっと息を吐く。その目は背の高い軍服姿の黒髪の男性に向けられていた。

「相変わらずどこに行ってもモテモテですこと」

エルティシアと同じ光景を見ていた友人のライザ・エストワール侯爵令嬢は、ふんっと鼻で笑う。その視線の先には女性たちに次々と声をかけられ、にこやかに応対する明るい金髪の男性がいた。彼はその隣に立つ黒髪の男性と同じく男たちの中でもとりわけ背が高く、どこに行っても目立つ。日ごろから、調子がいいだけの男は嫌いだと公言しているライザですら、目を留めずにはいられないようだ。

「グレイ様とフェリクス様は今最も女性に人気のある殿方ですもの」

エルティシアは、女性に囲まれながらむすっと口を引き結んでいる黒髪の男性をじっと見つめてライザに言う。ライザはしぶしぶながらも同意する。

「まぁ、確かに先のガードナ国との大戦で目覚しい功績をあげて大出世したうえに、陛下の覚えもめでたいとなればね。数年前までは爵位も持たない軍人ではと見向きもしなかった女性たちがこぞって群がるのも無理はないわ。一躍《いちやく》、夫の最有力候補よ。シアも大変ね。ライバルがいっぱいで」

ライザの口調がからかうような響きを帯びる。エルティシアはグレイシスたちに群がる貴婦人たちを見てため息をついた。

「そうよね……タダでさえうちは不利なのに」

エルティシアの実家、グリーンフィールド伯爵家はこのグランディア国の建国当初からある由緒正しい家柄だ。先祖や一族の何人かは国の要職についたこともある名門で、現にエルティシアの父の弟――つまり叔父は、軍人で国軍の重要な役職である左翼軍《さよくぐん》の将軍をつとめている。

けれど、その本家であるエルティシアの実家はパッとしない。……いや、パッとしないばかりか先見の明もない、それでいて見栄《みえ》っ張りな父親のもと、傾いていく一方だ。

「でも、シアには将軍の身内という有利な点があるじゃない。上官の姪で、昔からの知り合いともなれば、あんなぽっと出の女性たちより分《ぶ》があるわ。というわけで行くわよ、シア」

ライザはエルティシアの腕をがしっと掴んだ。

「こんな隅《すみ》っこにいないで、話しかけてアピールしなきゃ。そのために今日この夜会に来たんでしょう?」

「ええ」

エルティシアは、女性たちの間からかろうじて見える、すっきりと後ろに流された彼の前髪に視線を向けて頷いた。そう、彼に会うためだけに久しぶりに重い腰をあげてここまで来たのだ。

借金に借金を重ねて何とか貴族の体裁《ていさい》を整えているだけのエルティシアの実家に、彼女のドレスを新調する余裕はない。いつも同じドレスを着まわすわけにもいかないため、彼女はここ一年ばかり夜会への出席を断り続けてきたのだ。グレイシスもめったにこういう席には姿を見せないため、エルティシアとしては行っても仕方のない夜会を断る口実にもなっていた。

でも今日のこの夜会の主催者は軍の中でもかなりの地位を持っている貴族で、軍関係者も多く招待されているらしい。きっとグレイシスも義理で顔を出すだろうと思い、叔父ジェスターに頼んで連れてきてもらったのだ。この日エルティシアの着ている淡いピンクのハイウエストのドレスも、叔父が急遽《きゅうきょ》用意してくれたものだった。

そこまでして出席した夜会だ。どうしてもグレイシスと話をしたい。

「ねぇ、ライザ。このドレス姿、おかしくない？　髪も乱れていない？」

エルティシアは髪のひとふさを持ち上げ、その毛先に指を絡めながらライザに心配そうに尋ねた。毛先がくるくると丸まってしまう自分の髪がエルティシアは好きではない。放っておけばあちこちに跳《は》ねて、もつれてしまうのだ。今は綺麗に巻いて螺旋《らせん》を描いているものの、変に乱れていないか気が気でなかった。

ライザはエルティシアの赤みがかった金髪のてっぺんから、大きな宝石のような青い瞳、細い鼻梁《びりょう》、ふっくらとした瑞々しい唇へ順番に目を走らせる。更に、若々しさと上品さを強調している品の良い落ち着いた色合いのピンクのドレスから、濃い青の靴の先まで確認すると、励ますように大きく頷いた。

「大丈夫、どこから見ても恥ずかしくない貴婦人よ」

「ありがとう、ライザ」

けれどそう言ってくれるライザこそ、とても美しく素敵な貴婦人だとエルティシアは思う。褐色の艶《つや》やかなウェーブがかった髪を赤い髪留めで纏め、濃い緑色の瞳と同色のドレスを身につけたライザはとても大人っぽかった。どちらかというと甘めの容姿を持つエルティシアと並ぶとまるで姉妹のように見える。もちろん、ライザが姉でエルティシアが妹だ。同じ十八歳という年《とし》でありながら、二人は性格も容姿も対照的だった。けれどそれゆえに自分にはない部分を認めあい、尊重しあい、二人は固い友情で結ばれていた。

「さぁ、いくわよ、私たち女の戦場にね」

パチンと片目を瞑《つぶ》るライザに、エルティシアも笑った。

「ええ。いざ戦いへ！」

二人は肩を並べてグレイシスとフェリクスの方に向かった。

近づくにつれて女性の媚《こ》びたような、はしゃいだ声が大きくなる。それは主にフェリクスの方から聞こえた。

「あのみつあみ男は相変わらずね。あれで軍人だなんて信じられない」

ライザが呆れたように呟《つぶや》く。みつあみ男というのは、フェリクスが長い金髪を後ろで一本のみつあみにしているところからライザがつけた呼び名だ。

エルティシアがフェリクスの方に視線を向けると、取り巻きの女性から何か面白いことを言われたのか、彼は楽しそうにくすくすと笑っていた。その様子はいかにも貴族的で、軍人には見えない。

「でもね、フェリクス様はあんな外見だけど、とても優秀な軍人なのよ、ライザ」

グレイシスと共に叔父のところに昔から出入りしていた関係で、エルティシアは彼のこともよく見知っている。確かに外見は軽薄で、とても剣を振るって戦うようには見えないし、傍に寄ってくる女性にも気さくで愛想がいい。なるほど、ライザが嫌う男の典型のように見える。

けれど、グレイシスが戦いにおいてその剣の腕前から「黒い狼」と呼ばれているように、フェリクスはその洞察力と判断力、それに知略から「金の狐」と呼ばれて一目置かれていた。先の戦いでも、彼が立てた作戦や戦略のおかげで難局をくぐり抜けられた場面も多かったと聞く。決して軽いだけの男ではないのだ。

グレイシスが剛《ごう》ならフェリクスは柔《じゅう》。彼とグレイシスは左翼軍の双璧《そうへき》と呼ばれていた。

「そりゃあ、頭がいいことは認めるわ。でもどうも好きになれないのよねぇ」

ライザは顔を顰《しか》めてフェリクスを一瞥《いちべつ》した後、次にその近くで同じように女性に囲まれているグレイシスに視線を向けた。

「同じ軍人でもあなたのロウナー准将とは大違いだわ」

グレイシスは口を一文字に引き結び、女性の話にも言葉少なに答えるだけで、にこりともしていなかった。彼が今の状況を楽しんでいないことは誰の目にも明らかだ。周囲を取り巻く女性たちもさすがにそれは感じているようで、取り付く島のない彼から一人離れ、また一人離れて、どんどん数が減っていった。

「あ、女性が切れたわよ。今のうち！」

ライザはその状況をすばやく見て取ると、エルティシアの背中をグレイシスの方にぐいっと強く押しやった。エルティシアは押し出され、つんのめるようにグレイシスの前に出てしまい、背の高い彼を見上げて慌てて口を開いた。

「お、お久しぶりです。グレイ様」

「シアお嬢さん……。ええ、お久しぶりですね」

エルティシアを見下ろして、グレイシスの厳しい顔つきがふっと和らいだ。

エルティシアはその瞬間が一番好きだった。女性と話すことをあまり好まず、いつも厳しい表情で壁を作っているように見える彼が、昔から知っている彼女にだけはその態度を緩めてくれるからだ。自分は多少なりとも彼にとっての特別なのだと思えた。

――グレイシス・ロウナーは二十八歳で、ロウナー伯爵家の三男だ。長男ではないので家督《かとく》を継ぐ必要のない彼は、若くして軍に入った。そこでメキメキと頭角《とうかく》を現し、今では准将の地位にある。

准将といえば、いくつかの師団を指揮する立場で、エリート中のエリートだ。先の戦いで活躍したこともあってグレイシスとフェリクスは若くしてそこまでの地位を国王から与えられたのだった。一応貴族の肩書きがあるとはいえ、異例の大出世である。

社交界でもたちまち注目の的《まと》となり、二人の整った容姿とも相まって、なおさら彼らの人気に拍車がかかっているのだった。

しかしエルティシアが彼を好ましいと思うのは、彼の軍での地位や国王の覚えがめでたいからという理由ではない。ましてや容姿でもない。

確かにグレイシスは誰もが羨むような姿形をしている。軍人らしくがっしりとした筋肉質の身体に、精悍な顔立ち。黒曜《こくよう》石のような艶やかな黒髪はすっきりと短く、やや長い前

髪だけを後ろに流している。すっと通った鼻筋と切れ長の琥珀色の目はやや彫像めいた印象も与えるが、そこに軍人としての厳しさと真面目さが見えて、エルティシアにとっては却って好ましかった。

グレイシスはエルティシアの周囲にサッと目を走らせて尋ねる。

「今日は将軍といらしたのですか？」

「はい。今は主催者の方とお話しされていると思います。会場に入ったとたんに捕まってしまいまして……」

「主催者というと大佐に？　では今頃孫息子の自慢話を耳にタコができるほど聞かされているに違いありません」

グレイシスはその琥珀色の目を細めて、かすかに微笑んだ。

「折をみて、ご挨拶《あいさつ》に伺うふりをして助けにいきますから、シアお嬢さんは夜会を楽しんでいてください」

「ありがとうございます。グレイ様」

エルティシアはグレイシスに笑顔を向ける。そんな彼らの様子にグレイシスが目当ての女性も、そしてグレイシスという男をよく知っている同僚たちも驚いた顔で注目していた。シア。グレイ。礼儀正しい会話を交わしながら、彼らがお互いを愛称で呼び合っていることに気づいたからだ。もっとも、同僚たちはすぐにエルティシアがグリーンフィールド将軍の姪であることに気づき得心がいったようだが、女性たちは違った。話しかけても一言二言しか返してもらえず、彼に近づくことを諦めた令嬢たちは唇を嚙み締めて二人の様子を見つめている。

それに気づかず、エルティシアはグレイシスを見上げておずおずと尋ねた。

「あの、グレイ様。今度またグレイ様たちの訓練を見学しに行ってはいけませんか？　その、遠くで目立たない場所でいいですから」

「それは……」

グレイの眉が顰《ひそ》められる。けれど、エルティシアが縋《すが》るように見つめているのに気づくと、ふっと息を吐いた。

「……将軍が許可をするなら、構いません」

エルティシアはぱぁと笑顔になる。

「ありがとうございます！」

「ですが、一人ではだめです。必ず将軍か誰かについてきてもらうこと。男ばかりの場所ですから」

「はい！」

元気よく返事をすると、グレイシスの口の端がふっと緩み、苦笑めいた表情が浮かんだ。きっと仕方のないお嬢さんだとでも思っているのだろう。上官の姪だから礼儀正しく敬語を使っているものの、彼がエルティシアをまだまだ子供のようだと考えているのはその言動から明らかだ。それを知っていながら、エルティシアがつい他愛《たわい》ない我儘《わがまま》を言ってしまうのは、苦笑されながらもそれが許されるからで、自分が彼にとってほんの少しでも特別なのだと認識したいからだった。

——こんなことをしているから、いつまで経っても大人の女性として扱ってもらえないのだと分かっているのに。

……大人の女性として見て欲しい。けれど、子供だと思われているからこその親しさを失いたくない。

エルティシアはグレイシスを前にするといつもそんな葛藤に襲われるのだった。

「お伺いするのは、いつ頃が……」

エルティシアがそう言いかけた時だった。

「まぁ、グレイシス様！　いらしていたんですの！」

という声と共に、可愛《かわい》らしい女性の声が二人の会話に割り込む。声だけでなく身体まで滑り込ませると、ぐいっとエルティシアを押しやった。

「……あ……」

あっという間にグレイシスの目の前からはじき出されたエルティシアは唖然《あぜん》とした。グレイシスも眉を顰めている。けれど、割り込んできた女性はその不快そうな表情をまるで気にせず、笑顔で彼に話しかけた。

「ねぇ、グレイシス様。父がね、グレイシス様を我が家に招待したいと申しておりますのよ」

「……それはありがとうございます」

グレイシスは、丁寧だが温度を感じさせない淡々とした言葉を返した。今しがたまでエルティシアと話をしていた時の柔らかな響きはそこにない。けれど、それが彼の女性に対するいつもの態度だった。

ところが、その女性はめげることなく話し続ける。

「父はグレイシス様をいつも褒《ほ》めておりますわ。軍人としてすばらしいと。私もそんな父の意見に同感ですの」

「……ありがとうございます」

その時、二人の会話を呆然《ぼうぜん》と聞いていたエルティシアのすぐ近くにライザが寄ってきて、小さい声で言った。

「彼女は、カトレーヌ・マジェスタ。マジェスタ侯爵のご令嬢よ。父親は大将として左翼軍に所属しているわ」

「……え」

大将ということは、軍ではグレイシスよりも高い地位にいるということだ。エルティシアはライザの言葉に、改めて自分を押しのけた女性をじっと見つめた。

淡い茶色の巻き毛を持つ、やや吊《つ》り目ぎみの可愛らしい外見の女性だった。裾と袖に豪《ごう》華《か》な刺繍が施された水色のドレスを身に纏い、同色の扇子《せんす》を手にしている。年はエルティシアと同じか少し下のようだ。グレイシスに呼びかける声にも、姿にも、どこかあどけなさが残っている。

「私たちより一歳下で、十七歳よ。二年前に社交界デビューしたのだけど、甘やかされ放題だったようで、評判はよくないわね。最近どうもロウナー准将に熱を上げてるらしくて、彼の出席する催し物には必ず顔を出しているわ。噂によると自分と結婚するように父親を通じて准将に働きかけたとか……」

「そ、そんな……！」

エルティシアはサッと青ざめる。この一年、社交界から遠ざかっていたせいで、そういう話を聞く機会もなく、寝耳《ねみみ》に水の話にすっかり動揺していた。

軍は縦社会だ。上官に「妻に自分の娘はどうか」と言われたら断りにくい。それを分かっていてカトレーヌは父親の威《い》を借りてグレイシスを手に入れようとしたのだろう。

「大丈夫。そのことなら偶然将軍が居合わせて、グレイの代わりにマジェスタ大将に断ってくれたよ」

不意に後ろからそんな言葉をかけられてエルティシアとライザは飛び上がった。驚いて振り返ると、いつの間に取り巻きを退けたのかフェリクスが立っていて、彼女たちの頭越しにグレイシスとカトレーヌ・マジェスタとのやり取りを眺めていた。

「げっ。みつあみ男」

ライザが嫌そうに顔を顰める。それを聞いてフェリクスは苦笑いを浮かべた。

「酷い言い様だなぁ。ちゃんと名前があるんだけどね、ライザ嬢」

──グレイシスと共に左翼軍の双璧と言われているフェリクスは、グローマン伯爵家の次男坊だ。グローマン伯爵家は大変裕福な貴族で、跡継ぎではないフェリクスが将来困ることがないように土地や財産を分け与えていた。だから彼は一生遊んで暮らせるほどの財産を持っている。ところが、彼はなぜか軍隊という命の危険が隣り合わせの職に自ら飛び込んだのだった。

「どう呼ぼうが私の自由ですことよ、グローマン准将」

ライザはふんっと鼻で笑った後、真顔になって尋ねた。

「それより、ロウナー准将にマジェスタ侯が持ってきた縁談話を、シアの叔父様──将軍が断ったというのは本当ですの？」

それはまさしくエルティシアも知りたいと思っていたことだった。フェリクスは大きく頷く。

「そう。大将殿は上官という立場を利用して強引に娘との縁談を勧めようとしたんだけど、将軍が偶然にも通りかかってね。大将殿に言ってくださったのさ。グレイにそういう話は持ってくるなって、はっきりね。……でもご令嬢は諦めてないようだねぇ」

フェリクスはそう言って目を細める。

「ああいう執念深いタイプは始末が悪い。断っても認めようとしないし、更に躍起になるし、目的のためならどんな手段でも使う……っと、これはこれは、見物《みもの》だな」

話の途中で、彼ら以外の誰かを見つけたようで、フェリクスの顔ににやりという笑みが浮かんだ。

「かの『グランディアの黒い宝石』が取り巻きを連れてこちらに来るぞ」

「……え!?」

その言葉に驚いてエルティシアはフェリクスの視線の先を辿《たど》る。そしてそこに赤いドレスに身を包んだ黒髪の女性が、数人の男性と共にグレイシスの方に向かってくるのを認めて、きゅっと唇を噛み締めた。

「リュベック侯爵夫人？　やだ、彼女も来ていたの？　まだ喪中《もちゅう》のはずなのに、あんなドレスでこのような場所に来るなんて……」

ライザが眉間に皺《しわ》を寄せる。声にははっきりと不快感が表れていた。その間にもディレーナ・リュベック侯爵夫人は扇子を手に、優雅にグレイシスに近づいていく。それに気づいたカトレーヌ・マジェスタ侯爵令嬢が顔をこわばらせた。

――ディレーナ・リュベック侯爵夫人。かつて、グレイシスと婚約していた女性だ。

それは同性のエルティシアから見てもとても美しい女性だった。艶やかな黒髪に、高価な翡翠を思わせる翠の瞳。長い睫《まつげ》が影を落とす頬はまるで極上の絹のよう。黒髪と赤いドレスがその抜けるような肌を一層強調し、まるで内側から光り輝いているようにも見える。

かつてグランディア一と称賛された美貌は、侯爵夫人となった今でも衰えることはなく、人々は彼女を「グランディアの黒い宝石」と呼んでいた。もっとも、そんなことはエルティシアにもライザにも、そしておそらくフェリクスにとってもどうでもいいことだろう。

彼女は半年ほど前、夫のリュベック侯爵を落馬事故で亡くし、喪に服しているはずだった。ところが喪服どころか赤いドレスを身につけて夜会に堂々と参加しているのだ。ライザでなくとも不快に思うだろう。

そしてそれはカトレーヌも同じだった。目の前にやってきたディレーナに先制攻撃を仕掛ける。

「これはこれはリュベック侯爵夫人ではありませんか。そんな派手なドレスを着ていたからとっさに分かりませんでしたわ。あら、でもおかしいわね？　私の記憶では確かまだ夫人は喪中だったはずだわ」

眉を上げてわざとらしく声を張り上げる。それは誰が聞いても完全に嫌《いや》みだったが、ディレーナは動じることなく、扇子で口元を隠しながら優雅に笑って見せた。

「もちろん、喪中でしてよ。でも夫はわたくしを美しく着飾らせることがとても好きだったんですの。喪服を着て泣き暮らすことなど、あの人は望んではいないでしょう。このドレスはあの人へのいわば餞《はなむけ》のようなものですわ」

確かに故リュベック侯爵は年の離れた妻を着飾らせ、夜会に連れ歩くのが好きだった。でもそれが若く美しい妻をひけらかしたいがためだったのは、みな知っている。だから夫が喪服を望まないなどというのは詭弁《きべん》に過ぎない。だがそれを堂々と言ってのけたディレーナは、今度は二人のやり取りを無表情に眺めていたグレイシスを見上げて微笑んだ。

「お久しぶりですわね。グレイ」

「……そうですね」

グレイシスはディレーナを見下ろして、言葉少なに答える。ディレーナは扇の内で鈴の音のような笑い声を響かせた。

「まぁ、他人行儀な。あなたとわたくしの仲ではありませんか」

その言葉にエルティシアの胸が小さな痛みを訴えた。それに目ざとく気づいたライザが小さな声で慰《なぐさ》めるように言う。

「親が決めた元婚約者ってだけよ。それに軍人の妻は嫌だと婚約を一方的に破棄して、さっさと倍以上年上だったリュベック侯爵に嫁いだんじゃない」

「それは……そうだけど……」

ライザの言葉はディレーナに対して厳しいものだったが、言っていることは間違っていない。誰よりもエルティシアがそれを知っていた。何しろ幼い頃、叔父の家の夜会に婚約者としてディレーナを伴ってきていたグレイシスを見ているし、その日に軍人の妻になるのは嫌だと婚約破棄を宣言するところを目撃してもいたのだから。

皮肉にも、その場面に居合わせてしまったことが、叔父の屋敷にやってくる若い軍人たちの中でグレイシスを特別に意識するきっかけとなったのだが……。

「戦争になる前は散々『いつ死ぬか分からない軍人の妻になるのはごめんだ』と言って、夜会で偶然一緒になっても目もくれなかったのに、ロウナー准将が英雄になって陛下の覚えがめでたいとなったらころっと態度を変えて。うまい具合に夫の侯爵が亡くなった今、次の夫候補として准将に狙いを定めているのがまる分かりだわ。……と、シア、ごめんなさい。こんな話しちゃって」

ますます浮かない顔になるエルティシアに気づいて、ライザは口に手を当てた。エルティシアは、ううん、と首を振る。

二人の会話を黙って聞いていたフェリクスがそこで口を挟んだ。

「彼女の周りには彼女と結婚したい貴族男性の取り巻きがいっぱいいて、その中にはグレイより身分の高い貴族もいる。彼女がグレイを再婚相手に定めたとは限らないんじゃないか？」

けれどライザはふんと笑ってその意見を一蹴《いっしゅう》した。

「女ったらしという評判を返上した方がいいんじゃなくて、グローマン准将？　玉の輿《こし》を狙って見事侯爵夫人にまで上り詰めた女が、それ以下の男を相手にすると思う？　狙うなら今の身分より高い地位の公爵家か、もしくはそれだけの価値のある男よ。例えば……英雄で将来を約束されたエリートとかね」

「なるほど、一理ある。だとすれば狙うのはグレイシスか僕って線かな？」

フェリクスは楽しそうに笑った。ライザは頷く。

「そう。だけど、彼女にとってはロウナー准将の方が都合がいいわけ。元婚約者ですからね。『政略結婚で引き裂かれてしまったけれど、夫が亡くなった今、本当に愛する男性のところに戻ることができた』なんて感じに、いくらでも取り繕《つくろ》うことができるもの。今日、喪が明けてないのにこの場に現れたのだって、その演出のためじゃないかっていう気がするわ」

その言葉にエルティシアがグレイシスの方に視線を戻すと、ディレーナが彼をダンスに誘っているところだった。グレイシスは言葉少なに断っているようだが、そんなことでめげるディレーナではない。彼女は彼の軍服の襟《えり》に触れながらうっとりと見上げる。

「昔を覚えていて？　グレイ。よく二人で踊ったわね」

過去の親密さを強調するディレーナに、とうとう我慢できなくなったのはカトレーヌ・マジェスタだった。若くて辛抱がきかないカトレーヌはダンと足を踏み鳴らし、ディレーナを睨《にら》みつけて鋭く叫んだ。

「夫の喪中だというのに、よく恥ずかしげもなくそんなことを言えるわね、この厚顔無恥《こうがんむち》な雌犬が！」

その声は部屋の中で大きく響き、一気に周囲の注目を浴びることになってしまった。

「まずいな、騒ぎになるぞ。いや……もしやそれを狙っていたのかな？」

フェリクスが顔を顰めながら呟く。エルティシアは思わず尋ねた。

「え？　カトレーヌ・マジェスタ侯爵令嬢が？」

けれど、フェリクスは首を横に振る。いつも笑顔でいることが多い彼だが、今はとても真剣な顔をしていた。

「ディレーナ・リュベック侯爵夫人の方さ。これ以上騒ぎにならないようにするため、グレイは彼女からのダンスの申し込みに応じないわけにはいかなくなる」

「あ……」

慌ててグレイシスの方に視線を戻すと、グレイは眉間に皺を寄せながらディレーナの手を取っているところだった。おそらくフェリクスの言うように騒ぎを大きくしないため、ダンスに応じてこの場から離れようとしているのだろう。

ディレーナは嫣然《えんぜん》と笑うと、グレイシスの腕に手をかけた。そして二人はカトレーヌの前を通り過ぎ、ホールと続きの間になっているダンス室に向かう。その二人の後ろ姿を見つめるカトレーヌは憎々しげだった。

人の波で二人が見えなくなると、エルティシアはそっと胸に手を当てた。痛いというより胸がぎゅっと押しつぶされたみたいに苦しかった。

「気にする必要はないよ、シア。こんなことにならなければグレイがあの女性の手を取ることはなかったし、すぐに戻ってくるだろう」

フェリクスはそう言ってエルティシアを慰めたが、彼女の気は晴れなかった。

やり方は卑怯《ひきょう》だけれど、ディレーナはグレイシスという男を動かす術《すべ》をよく知っていた。いくらディレーナが手ひどくグレイシスを振ったとしても、彼らには幼い頃から婚約者同士として交流してきた年月がある。それを思い知らされた気がした。

……一年ぶりにこのような華やかな場に来たのは、他人と踊るグレイシスを見るためではなかったのに。

エルティシアはここに来たことを後悔し始めていた。

＊＊＊

エルティシアがグレイシスと初めて出会ったのは、七歳の時。彼女の叔父ジェスターの屋敷でパーティが催された時のことだった。

当時中将の地位にいた叔父のジェスターは、自分が管轄《かんかつ》する師団の中で特に目をかけている若い軍人を家に招いては、稽古をつけたり兵法を学ばせたりしていたのだ。グレイシスやフェリクスもその中の一人だった。七歳だったエルティシアは大好きな叔父の家を頻繁に訪れていて、そこで彼と出会った。

けれど、まだ幼い彼女にとってグレイシスは叔父のお気に入りの一人に過ぎなかった。ずばぬけて剣の腕がたつ人、子供の自分にも礼儀正しく接してくれる人ということで好ましく思っていたが、ただそれだけだった。

その気持ちが変化したのは、叔父の家で行われたある夜会での一件からだった。格式ばったものではないからとエルティシアも叔父から特別に出席することを許され、愛らしいドレス姿でその場にいた。

グレイシスは婚約者であるディレーナを伴って夜会にやってきた。けれど、軍人ばかりで、しかも平民まで交じっていたその夜会をディレーナはお気に召さなかったらしく、エルティシアの目にも不機嫌そうに見えた。もちろん大勢の場でその不満を出すことはなかったが、グレイシスと二人きりになれば本音がでないわけにはいかなかった。

お手洗いを借りにホールから離れたエルティシアは、会場に戻る途中で控え室の一つから女性が一方的にわめいている声を偶然耳にした。おそらく扉がきちんと閉まっていなかったのだろう。近づくとその甲高い声は明瞭に聞こえた。声の主はディレーナだった。

「もういや！　何なの、この夜会！　礼儀のなってない粗野《そや》な男ばっかり！　平民まで交じっているなんて、なんであなたの上官はそんな連中を招いたのよ！」

「……彼らは俺の大事な同僚だ。貴族や平民なんてものは関係ない」

そう静かに答えるグレイシスの声が聞こえたが、ディレーナはほとんど聞いていないようだ。

「それに、なんで子供まで交じってるの？　あり得ないわ」

夜会に出席した子供はエルティシアだけ。どうやら彼女は社交界デビュー前のエルティシアが参加していることも許せなかったらしい。

「彼女はグリーンフィールド中将閣下の姪御さんで、伯爵家の令嬢だ」

「そんなのはどうでもいいわ！　だから軍人なんて嫌だと反対したのに！　どうして軍人になんてなったのよ！　軍人の妻？　あり得ないわ！」

ディレーナはひとしきり騒いだ後、不意に硬い声で言った。

「グレイ。婚約は解消してちょうだい。もともと親が決めたことで、わたくしたちの意志ではなかったのだし、お父様亡き今、従う必要もないでしょう？　家に帰ったらすぐ、家督を継いだお兄様に言うわ」

「……分かった。君がそう言うのなら俺に異存はない」

どうやら中では婚約解消の話が進んでいるようだった。エルティシアは無断で立ち聞きしていることに罪悪感を覚えて、そっとその場を離れようとした。しかしそんな彼女の耳に信じられないような言葉が届く。それは嘲《あざけ》りや、悪意さえ感じさせる言葉だった。

「だいたい、なぜわたくしが同じ伯爵位とはいえ、家督を継ぐことができない三男のあなたと結婚しなければならないわけ？　わたくしのこの美貌があれば、侯爵家に嫁ぐことだって不可能じゃないのに、軍隊に入るしか能がないあなたなんかと。軍人の妻になれですって？　冗談じゃないわ。いつ死ぬかも分からないじゃないの！　わたくしに未亡人になれとでもいうの？」

十八歳になった今なら、親の決めた婚約を勝手に解消したことへの後ろめたさから相手を貶《おとし》めて自分に言い訳をしているだけだと分かったかもしれない。けれど、この時のエルティシアはまだ七歳で、伝わってくる内容の理不尽さに腹が立った。

「父に義理立てなんてしないで、もっと早く婚約を解消していればよかったわ。じゃあね、グレイ。もうこれで他人よ。あなたはせいぜいあの連中と戦争ごっこをしているといいわ」

ほどなくして扉が勢いよく開き、黒髪の、目の覚めるような赤いドレスを身につけたディレーナが出てきた。彼女は足音を高く響かせながら、玄関の方に去っていく。扉の横にいたエルティシアの姿に気づくことなく。

ディレーナからだいぶ遅れて部屋から出てきたグレイシスは、廊下の端で涙を流すエルティシアの姿に気づいた。

「エルティシアお嬢さん？　……なぜ、泣いて……？」

目を丸くして尋ねてくるその言葉に、エルティシアは自分が泣いていることに初めて気づく。

「だ、って、だって、悔《くや》しいんだもの……！」

ぽろぽろと涙を零《こぼ》しながらエルティシアは訴えた。

「軍人の何がいけないの？　命をかけて国を守ってくれているのに、誇らしい立派な仕事なのに！　なんであの人はあんな酷いこと言うの？」

「ああ、今の話を聞いていたんですね。……すみません。あんな不快な話をあなたの耳に入れてしまって」

エルティシアはぶんぶんと首を横に振った。彼が謝ることではない。酷いことを言われたのはグレイシスの方なのだ。一番辛いのは彼なのに、エルティシアを気遣ってくれている。

その優しさに、エルティシアの目からますます涙が零れた。

「エルティシアお嬢さん」

グレイシスは泣き止まない彼女の前に跪《ひざまず》き、腕に掬《すく》い上げて立ち上がった。エルティシアは突然抱き上げられたことにびっくりして顔を上げる。グレイシスはそんな彼女に、いつもはきゅっと一文字に結ばれた口の端を綻《ほころ》ばせた。要するに笑ったのだ。初めて見る彼のその笑顔に、エルティシアの涙がぴたりと止まった。

「ありがとう、エルティシアお嬢さん。俺の代わりに怒って、そして泣いてくれて。でも気に病むことはありません。彼女と俺は婚約を解消した方がお互いのためなんです」

「でも、あんな酷いことを言われてグレイ……シスは平気なの？」

この時の彼女は舌足らずなせいでどうにも彼の名前が言いにくかった。グレイシスではなくてグレイススと言いそうになってしまうのだ。それに気づいたグレイシスは笑みを深くし、思わずといった感じで片手を伸ばし、彼女の頭の上にのせた。

「グレイでいいです。家族や仲間にはそう呼ばれていますので」

「あ、じゃあ、私はシアって呼んで。エルとかティシアでもいいけど、シアって響きが一番好きなの」

「はい、シアお嬢さん」

グレイシスのめったにない笑顔を見下ろしながら、エルティシアも笑顔になった。彼が愛称で呼んでいいと言ってくれた。それには大きな意味があるように思えたのだ。そしてこの時からエルティシアにとってグレイシスはその他大勢の軍人ではなくなったのだ。

エルティシアが彼への恋心を自覚したのは、それから何年も経った後、社交界デビューの直後のことだ。当時、十六歳になったばかりの彼女はある貴族男性に付き纏われていた。伯爵家の嫡男だが素行が悪く、持て余した親が無理やり軍に入れたものの、性根《しょうね》が治ることはなく、たびたび問題を起こしていた。そのくせ野心的で、手っ取り早く地位を上げるために、将軍の姪であるエルティシアを狙ったのだ。

将軍がわが子のように可愛がっているエルティシアと結婚すれば簡単に上の地位に進めると思ったらしい。もちろんそんなに叔父は甘くない。けれどそれをよく知らない者がエルティシアに近づくということはよくあった。その中でもこの伯爵家の嫡男はしつこくて、エルティシアが出かけるたびに待ち伏せしたり、彼女が招待されている夜会にも現れて迫ってくる。

叔父に言って何らかの手を打たないとと思っていた矢先、その事件は起こった。エルティシアの母方の実家である子爵家が開催する夜会に招かれたエルティシアを見つけたその男は、彼女が母親と離れて一人になったところを捕まえて、強硬手段に出た。空き部屋の一つに連れ込んで襲い、既成事実を作ろうとしたのだ。

それを母親の付き添いでちょうど夜会に出席していたグレイシスが偶然にも気づき、部屋に連れ込まれる寸前でエルティシアを救出した。そして男に二度とエルティシアに近づかないようにと厳しい口調で言い渡した。もちろんそんなに簡単に言うことを聞くような男ではないが、貴族としては伯爵家という同等の身分であっても軍隊内ではグレイシスの方が遥かに地位が高い。男は悪態をつきながらもすごすごと退散していった。

「大丈夫ですか、シアお嬢さん？」

怯えるエルティシアにグレイシスは優しく声をかけた。

「あいつと同じ軍服を着ている俺が近くにいては怖いかもしれませんが、しばらくご辛抱を。今あなたの母上を呼びにいかせました。あいつが戻ってくる可能性も皆無ではないので、それまで俺がここに……」

エルティシアは襲われそうになったショックでぶるぶると震えながらも、グレイシスに首を振った。彼が怖いなんて少しも思っていなかったからだ。

勇気を出して身を寄せると、グレイシスは男が戻ってくるかもという彼の言葉に怯えたのかと勘違いして、「脅《おど》かしてすみません」と謝り、ぎこちない手つきであやすようにエルティシアの背中を撫《な》でた。

自分と比べると大きくて無骨な手だが、その背中に触れる感触はとても優しく、エルティシアに安心感を与えた。

――もっと触れて欲しい……。

更に身を寄せると、背中の手が一瞬止まり、それから再び動き始める。心なしか触れられる範囲がさっきより広がったような気がした。

その手が一度だけすっと下がり、腰に触れる。すぐに背中に戻ってしまったが、その瞬間、妙に甘美な痺れが背筋を通り抜けるのをエルティシアは感じた。

それは生まれて初めての感覚で、本来だったらエルティシアは自分の反応に怯えていたかもしれない。けれど、この時はなぜか怖いという思いは浮かばず、それどころか、その手が生み出す甘い感覚をもう一度味わいたいとまで思った。

グレイシスに寄り添いながら、彼を見上げる。すると、ちょうどエルティシアを見下ろしていたグレイシスと目が合った。

――その瞬間、時が止まったような気がした。

エルティシアはこの時、自分でも何を望んでグレイシスの顔を見ようと思ったのかよく分からなかった。でもグレイシスの琥珀色の瞳と、彼女の青い瞳が交差した時、何かがお互いの中に流れていくのを感じた。

……けれど、それは不意に断ち切られた。

グレイシスはパッと手を外すと、優しく、けれど断固とした態度でエルティシアを自分の身体から離した。エルティシアは夢から覚めたような気持ちで目を瞬かせる。

彼が手を離した理由はすぐに分かった。召し使いから話を聞いたエルティシアの母親が慌ててやってきたからだ。

「ティシア！　ああ、大丈夫なの、あなた？」

「え、ええ」

娘が恐怖に怯えていないことを確認すると母親はほっと安堵《あんど》の息を吐き、それからグレイシスに何度も感謝の言葉を伝えた。だがグレイシスは首を横に振ってそれを遮る。

「いいえ。たいしたことはしていませんから、礼には及びません。あの男の件は将軍に伝えて厳正に処罰しますので、どうぞご安心を」

そう言うと、グレイシスはエルティシアを見ることなく、一礼した後さっとその場から立ち去ってしまった。エルティシアは助けてもらった礼を言う暇《ひま》もなかった。

その後、あの男には二度と会うことはなかった。噂によると軍をクビになった後、酒浸りになり、あげく身体を壊して入院したらしい。伯爵家の家督は弟が継ぐことになって、男は社交界からも姿を消した。

……でも、あの事件からグレイシスが彼女に一切触れることはなくなったのだ。

声をかければ親しく話をしてくれる。けれど、もう昔のように頭を撫でたり肩に触れたりはしてくれない。はじめは気のせいかと思ったエルティシアだが、触れそうになるとさっと避けられてしまうことが続いて、彼は自分には触れたくないのだとようやく悟った。

――背中を撫でてもらった時に、私が変な反応をしてしまったから？

グレイシスに嫌われてしまったと思い、エルティシアは傷ついた。そのことでようやく、彼のことばかり考えるのも、彼に避けられてこんなに胸が痛いのも、そして、彼に触れられてあんなふうに反応してしまったのも、自分が彼に恋しているからだと気づいたのだ。

……いや、その恋の芽はずっと彼女の中にあったに違いない。七歳の時、彼に初めて抱き上げてもらった時から。

……でも自覚したとたんに失恋が確定してしまった。グレイシスはエルティシアには触れたくないらしい。けれど、彼は触れようとしないだけで、それ以外の態度は前と変わらなかった。相変わらず口では彼女を子供のように扱い、庇護したがる。親しくする一方で彼女との接触は避けるので、エルティシアは訳《わけ》が分からなかった。

「気にすることはないよ、シア。あいつは君がもう子供じゃなくて立派な淑女《レディ》になっていることを認めたくないだけなんだから」

グレイシスへの恋心を自覚した後、ある夜会で、彼の腕に触れようとして避けられたエルティシアが落ち込んでいた時、フェリクスが現れて笑って説明してくれた。

「あいつは君をまだ子供だと思っていたいのさ。だから触れられない。触れたらもう昔のように子供扱いできなくなるからね。小さかった君がもう艶やかで丸みを帯びた身体を持つ大人の女性だと認められないんだ」

それは思いも寄らない言葉だったが、グレイシスの矛盾した態度の説明として筋が通っているように思えた。

「ど、どうすれば、グレイ様に大人として認めてもらえるんですか？　触れればいいのですか？」

エルティシアは藁《わら》にも縋る思いでフェリクスに尋ねた。この時彼女は単純に大人として認めてもらえれば、グレイシスの恋人になれるかもしれないと思っていた。女性として意識してもらえさえすれば、と。けれど、フェリクスはしばらく何事か考えた後、首を横に振った。

「無理に触れようとするのは逆効果だと思うよ。それに君は確かに社交界デビューしたけど、今の自分が本当に大人の女性だと言えるかい？」

「あ……」

やんわりと指摘され、エルティシアの頭の中が急速に冷めてゆく。彼女はその時まだ十六歳だった。社交の場に出られるようになっただけで大人の仲間入りをしたと勘違いをしていたけれど、まだ子供に過ぎないのだ。

俯《うつむ》くエルティシアにフェリクスは優しく言った。

「急ぐことはない。心も身体もゆっくり大人になるんだ、シア。それをあいつに見せつけてやればいい。君が花開くところを見ていれば、あいつだってきっと認めざるを得なくなるさ」

「本当ですか？」

顔を上げてフェリクスを見つめるエルティシアに彼は微笑んだ。

「ああ。だから、あいつにも君自身にも時間を与えてやって欲しいんだよ」

それからフェリクスは急に真顔になって続けた。

「それに今はちょうど時期も悪くてね。君も将軍から聞いているかもしれないけど、ガードナ国との関係がきな臭《くさ》い」

その言葉にエルティシアはハッとした。

ガードナ国はこのグランディアの同盟国で、現国王の生母フリーデ皇太后の母国だ。フリーデ皇太后は、病気で長らく臥《ふ》せっていた夫である前国王の代わりに政治の実権を握り、長い間この国を牛耳《ぎゅうじ》っていた。それに待ったをかけたのが、息子である現国王だ。

皇太子時代は母親に追従《ついじゅう》するかのような態度を見せていた国王だったが、前国王崩御《ほうぎょ》の後、玉座についたとたん、その排除に乗り出した。フリーデ皇太后を幽閉《ゆうへい》し、皇太子時代に秘密裏に調べていた不正の証拠を手に、次から次へと皇太后一派を投獄《とうごく》していった。

それに不快感を示したのが、フリーデ皇太后の母国、ガードナ国だ。外交の場で、そして一部だけ接している土地で、小競り合いと緊張がずっと続いていた。

「ガードナ国が兵を増強しているという情報もある。遠くないうちに戦端が開かれるだろう。そうしたら、僕たち軍人は戦いの中に身を投じなければならない」

「あ……」

そうだ。戦争になれば左翼軍である彼らは前線に送られることになるだろう。そんな時にエルティシアのことでグレイシスを煩《わずら》わせるわけにはいかないのだ。

「分かりました。待ちます。その間にグレイ様に大人として認めてもらえるように努力します」

エルティシアはフェリクスにそう誓った。

それから間もなくガードナ国と戦争になり、グレイシスとフェリクスは戦場へ向かった。

戦いがようやく終結した時には今度はエルティシアの方の状況が変わっていた。家の経済状況が悪化し、ほとんど華やいだ席には行かなくなった。ある事情から昔のように叔父の家に頻繁に訪れることもできなくなり、大人になった姿を見せるどころか、めったに会えなくなってしまったのだ。

——あれから二年経った今も状況は変わっていない。

「フェリクス様の嘘つき。グレイ様との距離は縮まってないじゃないですか」

フェリクスとライザしかいない気安さからエルティシアはつい愚痴《ぐち》を零す。

「むしろ離れていくばかり」

戦争から帰ってきたグレイシスとフェリクスは英雄になっていた。夜会に出ればたちまち交流を持ちたいという人たちに囲まれてしまい、容易には近づけない。昇進して忙しいのか叔父のところに来る機会も減っていた。彼らはすっかり手の届かない人たちになってしまったのだ。

こんなことでは、いつになってもグレイシスに大人として扱ってもらえない。

誰が予想しただろう。あれから二年も経っているのに、まさか、未だにグレイシスがエルティシアにまったく触れず、子供扱いをずっと続けているなんて。

「私、もう十八歳なのに、そんなにまだ子供っぽく見えるの……？」

エルティシアは自分の姿を見下ろした。叔父が仕立ててくれた落ち着いたピンク色のドレスは丸みを帯びた女性らしい身体のラインを強調している。二年前は確かにまだ子供っぽさを残していたかもしれないが、今の彼女を見て子供だと思う人間は皆無だろう。……ただ一人、グレイシスを除いて。

「そんなことはないわよ。どこから見ても成人した女性よ。私が保証する。ロウナー准将の目が節穴《ふしあな》なだけよ」

ライザがエルティシアを慰めた。その辛辣《しんらつ》な意見を聞いて、フェリクスが苦笑しながら口を挟む。

「あー、うん、友人の名誉のために言うけど、グレイは君をもう子供だとは思ってない。口ではそういう扱いをしているかもしれないけど。今は二年前と違って大人だと思っているから、反対に触れられないいんだよ」

「あら、それって……」

ライザが何かに気づいたように顔を上げ、フェリクスに問いかけるような視線を送った。フェリクスがにやりと笑う。

「鋭いね、ライザ嬢。そういうこと。男の本能ってやつ。だからあと一押しなんだけど……まぁ、彼にも色々《いろいろ》事情があってね。だからあまり責めないでやって欲しいな」

「黒い狼なんていう、たいそうな異名を持っているくせにね」

と、ライザはあくまで厳しい。更にその美しい形をした眉をあげて彼女は警告した。

「でもね、シアがいつまでもロウナー准将を待っていると思ったら大間違いよ。このままの状態で居続けるのは不可能ですからね。それを忘れないでちょうだい」

フェリクスは苦笑いを浮かべた。

「肝《きも》に銘《めい》じますよ、お嬢様。……おや、グレイが戻ってくるな。どうやらダンスのお相手は一曲で済んだらしい」

その言葉にエルティシアが顔を上げると、こちらに向かってくるグレイシスの姿があった。声をかけようとする人たちの間を巧《たく》みにすり抜けてくるその姿は颯爽《さっそう》としていて、軍の正装服と相まっていつもより素敵に見える。

「ご苦労様。意外に早かったな」

戻ってきたグレイシスにフェリクスが声をかける。

「いつまでも付き合っていられるか。早々に逃げてきた」

エルティシアはやれやれと言いたげなグレイシスからほのかに漂う匂いに気づいた。さっき彼に近づいた時にはなかった匂いだ。エルティシアの胸はずんと沈んだ。誰の匂いなのかは明らかだ。

ディレーナ・リュベック侯爵夫人。「グランディアの黒い宝石」と呼ばれる人。

グレイシスからこの匂いがするということは、移ってしまうほど密着して踊っていたということだ。先ほどの様子からしてディレーナが一方的に寄り添っていたのだろうが、それでも嫌だった。

ほかの女性の匂いなんかさせないで。そう思ってしまう。グレイシスは自分のものでもないのに。

「あ、あのっ」

エルティシアは思わず声をかけていた。フェリクスと話をしていたグレイシスの視線が、エルティシアに向けられる。その琥珀色の目は決して冷たくはない。エルティシアは勇気を出して言った。

「あの、グレイ様っ。わ、私とも、その、踊っていただけませんか？」

「……それは……」

グレイシスは顔を顰めた。それを見てエルティシアは唇を噛み締める。

社交界デビューをしたばかりの時。招かれて出席した夜会でグレイシスを見つけたエルティシアは今と同じように彼をダンスに誘った。あの時彼は「ダンスはあまり好きではないのですが……」と言いつつも、エルティシアの手を取って一緒に踊ってくれたのだが。

やっぱり彼はエルティシアが好きではないのかもしれない。そうではないとフェリクスは言うが、将軍の姪だから我慢して会話に付き合ってくれているだけなのかも……。

そう考えると涙が出そうになって、エルティシアは慌てて言った。

「わ、私、ちょっと叔父を探しに行ってきますね」

踵《きびす》を返し、誰の反応も見ることなくその場から離れる。グレイシスの前から一刻も早く逃げ出したかった。

やがてグレイシスたちの姿が全然見えないところに来ると立ち止まり、両手で顔を覆った。

「シア」

　後を追ってきたライザが慰めるようにそっと肩を叩く。

「馬鹿ね、私……。まるで子供だわ」

　エルティシアは顔を上げて呟いた。ここに来るまでの間にすっかり頭は冷えていた。いくら悲しくなったからといってあんなふうに後先考えずに逃げ出すなんて。ディレーナは最初断られても余裕で笑っていたではないか。子供扱いされて嫌なら、子供じみた行動は慎まないと、いつまで経ってもグレイシスに大人と認めてもらえない。

「そんなことはないわよ。自分の感情に素直なだけじゃない。私、そこがシアの良いところだと思うわ。笑顔の下で何を考えているのか分からない女よりよっぽどいいわよ。きっとあなたのロウナー准将もそう思ってる」

「そうかしら？」

「そうよ。さぁ、朴念仁《ぼくねんじん》は放っておいて、久しぶりの夜会を楽しみましょう。他の男と踊って准将を焦らせてやるのよ」

　ライザはエルティシアの腕を取ってダンスホールの方に向かう。

「え？　ちょっと、ライザ！　私踊るつもりは……」

「いいからいいから。踊る踊らないはともかく、たくさんの男性からダンスに誘われるあなたを見せつけてやるの！」

「え、ええ？」

「……まったく。女性に慣れすぎている男もどうかと思うけど、女心を知らなすぎるのも困ったものだわね」

強引にエルティシアを引っ張りながら、ライザは彼女に聞こえないようにそっと呟くのだった。

一方、去っていくエルティシアと、それを追っていくライザの後ろ姿を見つめながら、フェリクスはグレイシスに尋ねた。

「おい、追いかけなくていいのか？」

「いや、いい」

とっさに呼び止めようと上げかけた腕を下げながら、グレイシスは答える。けれどその目は依然として二人が消えた方に向けられたままだった。それを見たフェリクスは呆れたように肩を竦めた。

「グレイ。いい加減素直にならないと横からかっ攫《さら》われるぞ」

「何のことだ」

その取り付く島のない態度に、フェリクスはため息を漏らす。

「戦争に勝って皇太后一派は一掃された。今なら問題ないだろうに」

「だから何のことだ」

グレイシスはとりあわず、フェリクスに顔を向けて目を細めた。

「それより、情報は集まったのか？　そのためにわざわざ俺を巻き込んで気の進まない夜会なんかに出席したんだろう？」

「まあね。だが、今のところ有力な情報は出ていないようだ」

フェリクスが眉をあげてみせると、グレイシスは「そうか」と頷いた。

実は二人が今夜ここに来たのは、主催者が軍関係者というだけではなく、ある事件の解決に必要な情報を得るためだった。

表沙汰にはなっていないが、最近、貴族令嬢や未亡人たちが攫われて、暴行を受けた挙げ句、娼婦として娼館や富豪や商人などに売られるという事件が起きていた。たまたま違法な営業で娼館が摘発《てきはつ》されたり、一人の令嬢が何とか抜け出して助けを求めてきたために発覚したのだが、フェリクスが率いる情報局が調べたところ、単独の誘拐や拉致事件ではなく、どうやら人身売買の組織が関わっているようだった。

令嬢たちはいずれも違法な媚薬を投与されていて、助け出された後も酷い心の傷と後遺症に悩まされているという。そのため、被害者から犯人につながる証言を得られず、事件として表沙汰にして調査することもできずに暗礁《あんしょう》に乗り上げていた。

だが、投与されていた媚薬を製造していた薬師や、令嬢を働かせていた娼館の情報から、ある容疑者が浮上した。それが、デイン・ユスティス伯爵だ。

ユスティス伯爵は特に重要な役職にはついていないが、裕福な貴族ということでは知られていた。だが、その潤沢《じゅんたく》な金の出所は分からず、絶えず黒い噂が付き纏う人物だった。未亡人が売られた娼館は伯爵が主《しゅ》たる出資者だという。媚薬を作ったとされる薬師も、王都に店を構える際に伯爵が口利きをしたことで知られていた。

だがそれだけで、決定的な証拠はなく、なぜ被害女性たちが伯爵に目をつけられたのか理由も分からないままだった。ユスティス伯爵は既婚者や未亡人に手を出すことでも有名だが、被害者の中で既婚者は一人だけ。残りは全員未婚の令嬢だ。共通点がまるでなかった。

だが、たまたま狙ったにしては攫われた状況が計画的に作り出されたものだったことを匂わせていて、犯人たちが何か基準を持って攫う令嬢を選んでいたことは明らかだった。

被害者には何か見えない共通点があるのだ。それを見つけられれば解決の糸口も見つかるし、犯人をあぶりだすことも可能になる。

そう考えたフェリクスは、被害者と交流のあった女性たちから何か情報を得られないかと、自ら情報収集に乗り出した。こんな時、国の英雄であることは大いに役立つ。同じく女性に人気のあるグレイシスを巻き込んで、この夜会に来たのはそういう理由からだった。

「とりあえず、後で被害女性の友人たちとダンスをする約束をしているんだ。踊りながらそれとなく聞き出してみるつもりさ。悪いがグレイは僕が踊っている間、邪魔をされないように他の女性たちの気を引いててくれ」

とたんグレイシスの顔が顰めっ面になる。

「俺が？」

「踊る必要はないよ。僕たちが踊っている間、いつものように立って適当に返事をしていればいい。シアと踊るつもりなら免除してあげるけど、そのつもりはないんだろう、グレイは？」

「それは……」

「なら僕に協力してくれ。ほら、行くよ」

フェリクスはそう言って、強引にグレイシスをダンスホールの方に連れて行く。重い足取りでダンスホールに入ったグレイシスはピタッと足を止めた。そこに、若い貴族の男性からダンスを申し込まれているエルティシアを見つけたからだ。

「何を見て……？　……ああ、なるほど」

急に立ち止まった彼にフェリクスは怪訝《けげん》そうに尋ねたが、すぐに彼が凝視しているものに気づいてわざとらしく言った。

「そりゃあ、他の男が放ってはおかないよねー。シア、可愛いもん」

「黙っていろ」

グレイシスがじっと見守っていると、エルティシアはどうやらダンスを断ったようだが、すごすごとその若い貴族の男が離れたとたん、別の男が彼女に近づいていくのが目に入った。

グレイシスはすぐに顔を逸らし歩き始めたが、その拳にギュッと力が入っているのを、フェリクスは見逃さなかった。

第二章　意に染まぬ結婚話

エルティシアが、父親であるグリーンフィールド伯爵の書斎に呼び出されたのは、夜会から半月ほど経った頃だった。驚くことにそこには母親がいて、困ったような、それでいてすまなそうな視線を娘に投げかけてきた。それとは対照的に父親は機嫌がよさそうだった。理由はすぐに分かった。

「エルティシア、お前の結婚相手が決まったぞ」

「え……？」

「ユスティス伯爵だ。我が家の借金をすべて肩代わりしてくれる上に、資金援助もしてくれるそうだ」

「資金援助……」

エルティシアは絶句する。ユスティス伯爵は四十代半ばの壮年の男性だ。資金援助と引き換えに父親と同年代の男性に嫁げというのか。

「お父様、本気ですか？　だって、ユスティス伯爵といえば……」

ここ一年ばかり社交界から遠ざかっているエルティシアですら、その噂は耳にしていた。ユスティス伯爵は無類の女好きとして知られていた。しかもその好みは人妻に限られている。人のものだからこそ良いのだと言ってはばからず、寝取ったり、しつこく言い寄ったりして問題を起こしては金の力でもみ消しているらしい。

そんな人物がなぜエルティシアに結婚など申し込むのだろう？　話によると、未婚の令嬢にはまったく興味を示さないそうなのに。

父親はしたり顔で頷いた。

「確かにお前は彼の好みとは言いがたい。だが、結婚相手は遊び相手とは違うということだろう。どうやら彼も跡継ぎが欲しくなったらしい」

「跡継ぎ……」

ユスティス伯爵はかつて一度結婚していたらしいが、その妻とは若い時に死別しており子供がいない。貴族にとって跡継ぎをつくることは最重要課題だ。後継者がいなければ領地も爵位も国に返上しなければならないのだから。それで放蕩《ほうとう》な伯爵も、ようやく重い腰をあげる気になり、好みではないが、まだ若い娘に目を付けた、ということのようだった。

だが、エルティシアにしてみれば冗談ではなかった。誰がそんな相手と結婚したいと思うだろうか。いくら貴族は親が結婚相手を選ぶものだと言っても、これはあんまりだ。それに……。

エルティシアは顔をあげて父親に訴えた。

「お父様。この家はどうなるのです？　私は婿を取らねばならない身のはず。他家に嫁ぐことはできません」

エルティシアはグリーンフィールド伯爵のたった一人の子供だ。婿を取って、その男性に伯爵位を継いでもらうということが暗黙のうちに決まっていた。それゆえ、貴族だけど三男で爵位のないグレイシスは、この家の婿として誰も文句はないだろう。そう考えていたのだ。

けれど、父親はあっさり答えた。

「大丈夫だ。グリーンフィールド伯爵の位はお前の子供のうちの誰かが継ぐという話になっている」

「……もう、そんな話まで……」

エルティシアは唇をそっと噛み締める。そんな具体的なことまで決まっているということは、もうこの結婚話を受け入れてしまったということだろうか。

エルティシアは思わず拒否しようとして口を開きかける。だがその前に父親が告げた言葉に、後が続かなくなってしまった。

「今、ちょうど伯爵がいらしている。お前も挨拶するんだ」

「え……？」

エルティシアは眉を顰めた。今、ユスティス伯爵がこの屋敷の中にいるということだろうか？

　確かに先刻誰かが突然訪ねてきたとかで使用人たちがバタバタしていたようだが、特に呼ばれもしなかったので、相手が貴族だとは思っていなかった。だがどうやら、突然訪れた伯爵が結婚話を持ち込み、父親はすぐエルティシアを呼び出したという流れらしい。

　父親は重々しく言った。

「エルティシア。我が家にはもう余裕がないのだ。そんな家の娘であるお前を娶《めと》り、なおかつ援助を申し出てくれる貴族など他にいない」

　エルティシアはその言葉に息を呑む。父親の言葉で、思っていた以上にこの家の財政状況が逼迫《ひっぱく》していることを悟ったのだ。

　エルティシアが社交界デビューを果たし、結婚適齢期になった頃にはすでにガードナ国との戦争は避けられない状況で、貴族社会全体が祝事などという雰囲気ではなかった。一年前、ようやくその戦争が終わり、祝い事や華やかな催し物が解禁されるようになった頃には、グリーンフィールド伯爵家の経済状況が悪化し、それが周辺にもそれとなく知られるようになったことで、エルティシアに持ち込まれる縁談は皆無になってしまった。

　無理もない。結婚すれば爵位が得られるといっても、それが借金まみれだとすれば二の足を踏むのが当然だ。ましてや、グリーンフィールド伯爵領は立地的に重要でも、豊かな実りを得られる土地ではない。借金を肩代わりしてまで得る利点がないのだ。

　そんな中で求婚をし、しかも経済的な援助もしてくれる上に爵位も不要という相手が現れたなら、それがどんな男性でも父親が飛びつくのも無理はなかった。

「いいか。よもや断るようなまねはするんじゃないぞ。この申し出には、家の存続がかかっているのだから」

……「嫌だ」という言葉を、エルティシアは口にすることができなかった。


「ほう、これはこれは、可憐なお嬢さんですな」

嫌々ながら父親と向かった応接室には、黒茶色の髪に白いものがちらほらと交じる中年男性の姿があった。未婚の令嬢が多く集まる舞踏会にはめったに出てこなかったこともあり、エルティシアは面識こそなかったが、すぐに彼がユスティス伯爵であることが分かった。伝え聞く通りの男性だったからだ。

少し垂れ目ぎみで、人好きのする笑みを浮かべた姿は、かつては確かに女性の保護欲をくすぐっただろう。若い頃はそれなりに美男子だったという話も頷ける。けれど、年を取った今は放蕩な生活のせいか、身体はたるみ始めており、美男子だった容貌は見る影もなかった。

だが、エルティシアが不快感を覚えたのは、その容姿ではなく自分を見る目つきだ。それは品定めをするかのような、何か含みのある視線だった。まだいやらしい目で見られたほうがましだっただろう。それならば彼女自身に関心があると思えただろうから。

けれど、伯爵にはエルティシア自身に対する興味など一片もないようだった。ただ商品

——子供を産む道具としてしか見ていない目だ。それなのになぜか纏わりつくような視線を向けてきている。

ユスティス伯爵はにやりと笑って、父親に顔を向けた。

「若くて健康的なお嬢さんで結構ですな、グリーンフィールド伯爵」

「丈夫なことだけがとりえのような子でして」

「いえいえ、丈夫であることは大きな利点です。これなら何人でも子供を産めそうだ」

「それはもう、保証しますとも」

父親はユスティス伯爵にエルティシアを売り込もうと必死だ。だが、ユスティス伯爵は笑みを崩さずそれをやんわりと受け流しながら、エルティシアに視線を向けた。

「しかし、こんなに愛らしいお嬢さんだ。きっと引く手あまただろう。恋人や将来を誓い合う男性がいてもおかしくないのでは？」

「まさかっ。この子にはそんな相手はおりません。何ぶん引っ込み思案でして、めったに夜会にも出席しないのですよ。恋人などできようはずがない」

父親が慌てて言い繕う。彼女がめったに夜会に出席しないのは家の経済状況のせいなのだが、虚栄心だけは立派な父親はそんなことはおくびにも出さなかった。

もっともユスティス伯爵はこの家の内情など既知のことだったのだろう。彼はそのことについては何も触れず、更に恋人云々と自分から持ち出したにもかかわらず、そんなことは気にも留めていないようだった。

「まぁ、恋人がいようが、純潔でなかろうが、妻として必要なことをしてくれれば私は一向に構わないがね。むしろ、生娘《きむすめ》でない方が楽でいい」

「そ、そうですか」

さらりと告げるユスティス伯爵にさすがの父親も困惑しているようだった。一般的な貴族の感覚からしたら、結婚相手が処女かそうでないかは大きな問題だからだ。

エルティシアが離婚歴のある女性だったのなら、話は別だ。だが未婚の、まだ若い娘の家族相手に「生娘でない方が楽でいい」だなんて、恐ろしく馬鹿にした話だ。

この人にとってエルティシアは単なる道具に過ぎない。

こんな人のもとへ嫁ぐ？　絶対に嫌だ。

エルティシアはあらかじめ父親に言い含められていて、何も口出しすることはできなかったが、今はそれに感謝していた。自由に話せたらきっと嫌悪感を隠すことはできなかっただろう。

脳裏にグレイシスの面影が浮かび、エルティシアは胸が苦しくなって扇子を持つ手にぎゅっと力を込めた。


――それから、父とユスティス伯爵との間でどういう話し合いがあったのか、エルティシアは知らない。早々に「部屋に戻っていい」と言われ、応接室を出たからだ。けれど、出る直前に見た父親の顔に浮かんだ安堵が、エルティシアの頭には長く残っていた。

「ごめんなさい、ティシア」

気づくとエルティシアは自分の部屋に戻っていて、ベッドの端に座る彼女の前には母親がすまなそうな顔をして立っていた。

「お母様……。私……あの人は……」

ぼんやり顔を上げたエルティシアは「嫌です」と口を開こうとして思いとどまった。母親はおっとりした性格で、夫に逆らうことなど思いもしない女性だ。それがここ数年で嫌というほど身に染みているエルティシアの胸に諦念《ていねん》が湧き上がる。

「私もあの伯爵は好きになれないの。でもお父様が乗り気で……」

「お母様……家の経済状況はそんなに悪いのですか？」

今年は豊作で、領地からの税収も少ないわけではなかった。それなのに、娘を身売り同然に嫁がせなければならないほど切羽詰まっているとは。

だが、母親は愁《うれ》いを帯びた顔でほぅっとため息をつく。

「あなたには心配かけまいと思って言わなかったのだけれど、つい先日、お父様が間違いなしと思って出資していた事業が立ち行かなくなったのが露呈して、そのお金の回収が絶望的になってしまったの。その出資金も借りたもので……」

「またなの……」

エルティシアは俯いた。ここ数年、父親はリスクの高い事業に出資しては失敗するということを繰り返していた。グリーンフィールド伯爵家の経済状況が悪化した主な原因はそれだった。

エルティシアの父親には、商才と呼べるものもなければ、先見の明もなかった。だが、本人だけはそれを認めず躍起《やっき》になって証明しようとしている。グリーンフィールド家当主としての自分を。立派な弟の陰に隠れた平凡な兄などではない証を。

でもその思いは空回りし、長いこと家と家族を窮地《きゅうち》に追いやっていた。

エルティシアはやるせない思いを抱えて立ち上がった。今は両親の顔を見たくなかった。いや、この家にもいたくなかった。なぜならまだここにはあの男がいるからだ。

「お母様、私、ライザのところへ行ってきます」

「……分かったわ。気をつけて行ってらっしゃいな」

色を失ったまま告げる娘に、心配そうな視線を投げかけながらも母親は了承する。

エルティシアは頷くとそのまま扉に向かった。そんな彼女に母親は声をかける。

「あなたに辛いことを強いてしまう私たちを許して、ティシア」

その言葉にエルティシアは足を止めた。

貴族の娘は親の決めた結婚相手に嫁ぐもの。母親自身もそうして父親に嫁いできた身だ。家長である夫が決めたことであれば、逆らうことなど思いも寄らない彼女だが、それでもユスティス伯爵に嫁がせることが娘にとって酷なことであることは分かっているらしい。

その言葉にすべてが表れていた。不本意な気持ちも、止むを得ないという思いも、そして罪悪感も。

エルティシアはぎゅっと目を瞑った。子供の頃のように嫌だと泣き叫ぶことができればどんなによかったことだろう。自分たちの過《あやま》ちを私に押し付けないで、と言ってやれたら。でももうエルティシアは小さな子供ではなかった。

脳裏に先ほどの安堵の笑みを見せた父親の顔が浮かんだ。見栄っぱりで、子供っぽくて、欠点だらけの、どうしようもなく情けない親だけれど。それでも彼女は恨んだり憎んだりする気にはなれなかった。

エルティシアは母親の言葉にぎこちなく小さく頷くと、振り返ることなく今度こそ扉から出て行った。

＊＊＊

「よりによってユスティス伯爵なんて！」

エルティシアから話を聞いたライザは仰天した後、盛大に顔を顰めた。ライザにとっては人妻の尻ばかり追いかけるユスティス伯爵などこの世でもっとも忌み嫌う人種なのだ。

「冗談じゃないわ。何とか破談にしないと！」

息巻くライザに、エルティシアは力のない笑みを浮かべた。こんなに親身になって心配してくれるライザの気持ちが嬉しいと思う一方で、どんなに考えてもこの縁談を避けることはできないという諦念が入り混じる。

すると、何かを思いついたようにハッとしてライザはエルティシアに尋ねる。

「あなたの叔父様は？　グリーンフィールド将軍なら、可愛がっているあなたをユスティス伯爵なんかにはやれないって反対してくれるに違いないわ」

「確かにジェスター叔父様なら反対してくれるでしょうね」

エルティシアは苦笑した。

「でもあいにくと叔父様は国境の砦《とりで》を視察するために王都を離れているの。あと数か月は帰らないわ。父が婚約を急ぐのはそのこともあるんじゃないかと思うの」

反対するに違いない叔父がいない間に正式な婚約を整えてしまおうという意図が感じられる。そう思ってしまうのも、あながち間違ったことではないだろう。

「それに叔父様が反対すれば、きっとお父様はますます意固地になるでしょうね。前に言ったでしょう？　お父様の叔父様に対する劣等感のこと」

「そういえば、前に言っていたわね」

父と叔父は別にいがみ合っているわけではない。叔父も一族の長として兄を立てているし、父も弟を嫌っているそぶりは見せない。ただ、優秀な弟にどうしようもなく劣等感を抱いているだけだ。

エルティシアの父親は容姿や才能において、平凡で取り立てて目立つところのない人間だ。そのくせ、貴族特有の見栄やプライドだけは人一倍持っていることが不幸の元だった。

何をやらせても兄より優秀な弟は軍に入り、自分の力で瞬く間に出世していった。国王の覚えもめでたく、爵位や領地まで賜《たまわ》っている。その領地経営もうまく行っていて、大きな屋敷を所有しており、たいそう裕福だ。

一方、父親の方は長男ということで爵位と先祖代々の領地を継いだものの、取り立てて才覚もないため、国の重要な役職につくこともなく、くすぶったまま。しかも叔父がどんどん出世していくにつれて、社交界でも「グリーンフィールド伯爵」ではなく「グリーンフィールド将軍の兄」という認識になっていく。彼は完全に弟の陰に隠れてしまっていた。

親族の一部でも弟が跡を継いだ方がグリーンフィールド伯爵家の発展のためにはよかったのではという声が上がる始末だ。だからこそ父親は自らの実力の証明のために伯爵家を盛りたてようと、躍起になってリスクの高い事業に投資をする。そして失敗を重ねるということを繰り返しているのだ。年々それは酷くなる一方だった。おそらくジェスター叔父が将軍という高い地位に上り詰めたからだろう。

子供の頃はそんな父の心境に気づくことがなかったエルティシアだが、大人になるにつれ、だんだん理解できるようになってくると、叔父の家を訪ねる回数を減らしていった。グレイシスに会える機会を失うのは辛いところだが、何かにつけてエルティシアや母親がジェスター叔父を頼りにすることもまた父親の劣等感を刺激する一因であると分かったからだ。

だが、そうして気遣い、事あるごとに諭《さと》すものの、プライドだけは高い父親が自分の劣等感を認めるはずもなく、坂を転がるようにグリーンフィールド伯爵家は落ちぶれていった。けれど、父が叔父に経済的な援助を求めることはなかった。叔父もそんな兄の気持ちには気づいていて、手を差し伸べられずにいるというのが現状だ。

「だからといって自分の過ちの尻拭いを娘に押し付けるなんて。それもユスティス伯爵なんかに！」

忌々しそうに言った後、ライザは気持ちを落ち着けるためか、目の前に置かれたティーカップを手にして口に持っていく。二口ほど飲んだあと、彼女はふぅと息を吐くと、その明るい緑色の瞳をエルティシアに向けた。

「それで、シア。ロウナー准将のことはどうするの？　諦めるの？」

グレイシスの名前を聞いてエルティシアの口元がこわばった。けれど、すぐに力を抜き、諦めの混じった笑みを浮かべた。

「仕方ないわ。……それに諦めるも何も、もともと手の届かない人だったのよ」

グレイシスにグリーンフィールド伯爵家へ婿入りしてもらう――そんなことを夢見ていたけれど、今となっては何て幼稚な考えだったのか。

彼が伯爵家の三男という肩書きを持つただの軍人だったのならそれでよかっただろう。だが、グレイシスは先の戦いの英雄で、国王の覚えもめでたいエリートだ。夜会に行けば身分の高い貴族令嬢たちが彼に群がり、縁を結びたがっている。その気になれば侯爵家の一員になることも不可能ではない。落ちぶれた伯爵家の婿の座など、お呼びではないのだ。

戦争が終わった時点で、もうグレイシスはエルティシアなんかの手の届かないところにいたのだ。

「昔の縁にしがみついて、それに気づけなかった私が愚かだったのよ」

苦笑を浮かべながら言うエルティシアに、ライザは首を横に振る。

「シア。あなたがそんなに自分を卑下《ひげ》する必要などないのよ。准将があなたに気を許しているのは誰が見たって明らかだもの」

「それこそ昔のよしみよ。今は会話はしてくれるけど、触れてもくれないのよ？　他の人とはダンスするのに、私とはしてくれない。ね？　最初から諦める以前の話だったのよ」

手の内にあるカップに視線を落としてエルティシアは呟く。

「もう、子供っぽい夢は捨てて、現実を見ないとね」

完全に諦めムードになっているエルティシアに、ライザは深い吐息をついた後、強い口調で尋ねた。

「シア、本当にそれでいいの？　ずっと好きだったんでしょう？　本当に諦めきれるの？」

「それは……」

エルティシアは視線をカップに落としたままそっと目を伏せる。その様子をじっと窺《うかが》いながら、ライザは更に続けた。

「シア、それに結婚することの意味、本当にちゃんと分かってる？　子供が欲しいということは、あのユスティス伯爵と夫婦の契《ちぎ》りを交わすことになるのよ？」

エルティシアはビクンと身体を揺らした。それはこの縁談を聞かされてから、あえて考えまいとしていたことだった。だが、夫婦ともなれば、その行為を避けることはできない。

ユスティス伯爵のあの手に触れられることを考えたらぞっと背筋が凍りつき、胃の奥から何かがせりあがってくるのを感じた。グレイシスには触れて欲しいと思うのに、ユスティス伯爵は傍に寄るのも嫌だった。

すっかり色を失ったエルティシアの姿に、ライザはふっと微笑むとソファから立ち上がった。

「さぁ、行くわよ、シア」

「え？　どこに？」

「左翼軍の総本部に。ロウナー准将に会いに行くのよ」

「え？　グレイ様に？」

ライザがなぜそんなことを言い出したのか分からず、エルティシアはきょとんとする。

ライザはエルティシアからカップを取り上げ、その手を引いて立ち上がらせながらハキハキした口調で言った。

「シア。彼に会って、今回のことを話すの。昔のよしみがあるならなおさらよ。きっと助けてもらえるわ」

「で、でも……」

「それに、あなたの叔父様が今どのあたりにいるかも軍に行けば教えてもらえるでしょう？　将軍に手紙を届けてもらうこともできるわ」

ライザはエルティシアを励ますように笑みを浮かべた。

「諦めるのはまだ早いわ、シア。やれるだけのことはやりましょう」

エルティシアはライザの力強い言葉に押されるように、きゅっと口を引き結んで頷いた。


左翼軍の総本部は城の中ではなく、城の外、王都の一角にある。右翼軍が王族の身辺警護や城内の警備を受け持っているのに対し、左翼軍は王都の警備と治安維持、それに外敵に対しての防衛の役割を担っているからだ。規模も人数も多く、王都内にもいくつか駐屯所が存在する。それらをすべて統轄しているのがこの総本部で、叔父もグレイシスもフェリクスもここで働いている。

幼い頃から何度も叔父に連れてきてもらったことのあるエルティシアには、とてもなじみのある場所だ。彼女の顔を見知っている兵士も多く、そのおかげでいつもすんなり門を通してもらえる。

今回も例に漏れず、門を警備する兵士は、馬車の窓越しに彼女の顔を見ただけで破顔《はがん》して詮索《せんさく》することなく通してくれた。もちろん、侯爵家の一つであるエストワール家の紋章がついた馬車だからということもあっただろう。

エルティシアを乗せたエストワール侯爵家の馬車は、正面の門をくぐり抜け、建物の左端の一角で停まった。そこは馬車止めのある場所で、他にも軍属の貴族のものと思われる馬車がいくつも停まっていた。

　馬車から降りたエルティシアに、座席からライザが声をかける。

「シア、頑張ってね」

「ありがとう、ライザ」

　ライザにはこのまま馬車の中で待ってもらうことにした。一緒に来てもらえると心強いが、グレイシスと話す時は彼と二人きりになる必要があるし、その間ライザを一人にすることはできないからだ。この建物の中にも女性がいないわけではないが、圧倒的に男性が多いし、顔見知りが多いエルティシアと違ってライザにちょっかいをかける不届き者がいないとは限らない。

「行ってくるわ」

　ライザにもう一度だけ手を振って、エルティシアは建物の入り口に向かう。その頭の中はグレイシスに何と言おうかという思いでいっぱいだった。

「あれ？　シア？」

　建物に入り、受付に足を向けたエルティシアは不意に声をかけられた。ここで彼女を見知っている人間は多いが、シアと呼ぶ人は限られている。なじみのある声に足を止めてエルティシアは振り返った。

　思った通りそこにはフェリクスがいた。

「フェリクス様。こんにちは」

笑顔で挨拶すると、フェリクスはエルティシアの前まで来てくすっと笑った。

「閣下……は、長期留守にしているから、グレイが目当てなんだね」

「えっと、その……」

図星を指されてエルティシアは頬を染めた。だが、フェリクスにはとっくの昔にグレイシスに対する恋心を知られている。今さらだ。

「フェリクス様、グレイ様は……」

「グレイは今、第三師団で剣の稽古をつけているよ。案内しよう」

「本当ですか？　あ、でも、フェリクス様やグレイ様のお仕事の邪魔ではありません？」

ここに偶然通りかかったのだって、ただ散歩に出てきたわけではなくて、何かの用事の途中のはずだ。けれど、フェリクスは苦笑めいたものを浮かべて首を横に振った。

「ある事件の調査をしているんだけど、行き詰まってしまってね。気分転換に出てきただけだから遠慮しないでいいよ。グレイの邪魔にもならないだろう。さぁ、こっちだ」

「それなら……。お願いします」

連れ立って長い廊下を歩きながら、フェリクスはエルティシアに尋ねた。

「今日の訪問はあれかい？　この間グレイに訓練を見たいと言っていたやつ？」

「あ……」

そのフェリクスの言葉で、先日の夜会で自分がグレイシスに訓練が見たいとねだったことを思い出す。その時のグレイシスの返答も。彼は叔父の許可が出たらと言い、決して一人では来るなと念を押していた。

「そ、それとはちょっと違う用事で……でも、同じようなものです」

グレイシスに伝えるより先にフェリクスに結婚のことを言うのも気が引けて、エルティシアはお茶を濁す。

「そうか。まぁ、たまにはあの石頭の不意をついてやるのもいいよね」

フェリクスはクスッと笑うと、世間話に話を切り替えながらエルティシアを建物の奥の方に導いていく。いくつかの渡り廊下と建物を通り過ぎ、中庭に出たフェリクスは足を止めた。釣られて一緒に足を止めたエルティシアだが、その視線は、軍服姿の若者と向かい合って剣先を合わせているグレイシスの姿に釘付けだった。構えも美しいグレイシスと違って、相対している若者はどこか腰が引けている。構え方もぎこちなく、素人目にも軍に入ったばかりの新人だということが分かる。

金属音を響かせながら何度か打ち合った後、グレイシスが少し手を捻っただけであっという間に若者の手から剣が落ちてしまった。

「もっと腰を据えろ。手だけで操っていると、すぐに剣を落とされるぞ。身体全体を使え」

「は、はい」

「よし、では次」

別の模造剣を手にした男が進み出る。今度は先ほどの若者より剣に慣れているらしい。

打ち合う姿勢もよどみない。けれど、何度か確かめるように打ち合った後、グレイシスの剣はあっという間に男の剣を弾き飛ばしていた。

「踏み込みが甘い。速さは問題ないが、もっと力をうまく受け流すように調節するんだ。今のままじゃ持久力のある相手にはまったく通用しないぞ」

息も切らさず淡々と告げる声が中庭に響く。

「はい。ありがとうございました」

たった今稽古をつけてもらった男が頭を下げる。それを見下ろすグレイシスの引き結ばれた口がほんの少しだけ緩んだのをエルティシアは見逃さなかった。

次から次へと部下たちに稽古をつけていくグレイシスの姿を、エルティシアはうっとりと見つめる。隣でフェリクスが時折クスクスと笑いながら温かい目を向けているのには気づかなかった。

そうして何人かの稽古をつけた後、ふとこちらを向いたグレイシスの目がフェリクスとエルティシアを捉えた。フェリクスがその視線を受けて手をあげる。グレイシスは隣にいた副官らしき男に声をかけた後、こちらに向かってきた。

グレイシスは稽古をつけていた時と同じく、無表情のままだ。けれど近づいてくるうちにどんどん眉間の皺が深くなっていくのに気づいて、エルティシアの勇気がしぼんでいった。

グレイシスはエルティシアがここにいるのが気に入らないのだ。ほとんど表情が動いていなくても、どんなに平静な顔をしていても、幼い頃から彼を見てきたエルティシアには分かってしまった。

グレイシスは……エルティシアに会っても少しも嬉しくないのだ。

「いらしていたのですね、シアお嬢さん」

エルティシアの前に来たグレイシスは呟くように言った。けれど彼女はその言葉の中に非難の色を嗅《か》ぎ取って胸がズキンと痛んだ。

「こんなむさくるしいところまで会いにきてくれたんだ。もうちょっと愛想よくしてあげたらいいのに。本当、不器用なやつだなぁ」

フェリクスは呆れ顔で言ったが、二人きりで話をさせようと思ったのか、ぽんぽんとエルティシアの肩を叩くと離れた場所に移動していく。それを見てグレイシスが眉を少しピクッと上げたが、フェリクスの方を向いていたエルティシアが気づくことはなかった。

改めてグレイシスの方に向き直ったエルティシアは、どう話し始めたらいいのか分からず下を向いた。彼に助けを求めるつもりで来たのに、稽古をつける姿を見て、ふとこの人を巻き込んでいいのだろうかと思ったことが更に口を重くしていた。

エルティシアの結婚は家の問題だ。確かに嫌だと言えばグレイシスは縁談を破棄できるように動いてくれるだろうが、果たしてそれでいいのだろうか？　その先は？　もしこの縁談を避けることができても、触れることさえ厭《いと》われている自分がグレイシスと結ばれることはないように思える。

将軍の姪で、昔なじみだからという理由で、エルティシア個人の問題に英雄であるこの人を巻き込んでしまうのは正しいことだろうか？

躊躇していると、ため息交じりの声が上から降ってきた。

「シアお嬢さん。俺が前に言ったことを忘れたのですか？」

ハッと顔を上げると、琥珀の目が咎《とが》めるような色を乗せてエルティシアを見下ろしていた。

「俺は将軍閣下が許可を出したらと言ったはずです。あの人が自分の留守にしている時にあなたにここへ来ていいなどと許可を出すはずがない」

「そ、れは……」

叔父のジェスターはある意味グレイシスより過保護なところがあった。その彼が男だけの軍の施設に自分がいない時に彼女が訪れる許可を与えることはなかっただろう。統率が取れているといっても、貴族や平民が入り交じった軍隊ではどうしても素行に問題がある者は出てくる。衝動に駆られて、将軍の姪という抑止力が歯止めにならない場合もあることを、誰よりも長く軍隊に所属している叔父は分かっているのだ。

俯いていると、上から再びため息交じりの声が降ってくる。

「シアお嬢さん。あなたはもう子供ではないのですから、衝動的な行動は控えた方がいい。閣下が視察の旅から帰ってくればいくらでもここに来られるのですし、それまで我慢できない年ではないはずです」

子供ではないと言いながら、その言葉はエルティシアが子供じみていると告げていた。

「違う……違うの……」

言いながらエルティシアは反感の思いが膨《ふく》れあがってくるのを感じていた。

——叔父様が帰ってきた時にはもう遅いかもしれないのに！

叔父の許可がおりて、次にここを訪れる時はもう自分はおそらくユスティス伯爵と婚約……いや、下手をすれば結婚させられているかもしれないのだ。

「今しかなかったの……」

グレイシスを見上げたエルティシアの目は潤んでいた。その悲しそうな様子に、グレイシスがハッとして腕をあげかけて、けれど、すぐ下ろしてしまう。それを見て、エルティシアの胸に痛みと絶望と、そして奇妙な衝動が起こった。要するに自棄《やけ》を起こしたのだが、この時の彼女には冷静に自分の心を見つめる余裕はなかった。

決して触れてくれないグレイシス。だけど、最後くらいはほんの少し、夢をかなえてもらってもいいのでは？　これが最後の我儘なのだから。

——彼に触れたいし、力いっぱい抱きしめてもらいたい。そう、結ばれないのなら、せめてグレイシスに最初の相手になってもらいたい……！

心に浮かんだ願望がどんどん胸の中で膨れ上がっていく。

——どうせユスティス伯爵は私が純潔かどうかなんて気にしない。あの人が必要なのは子供を産む道具。だったら、グレイ様に純潔を捧げて何が悪いの？　嫌いな相手に嫁ぐならせめて、好きな人に抱かれた思い出が欲しい。

「グレイ様、私……」

エルティシアは思わず一歩前に出る。けれどグレイシスはエルティシアが何か言う前にふっと視線を逸らしてしまう。そして言った。

「稽古の途中なので俺はこれで失礼します。……フェリクス、シアお嬢さんを頼むぞ」

グレイシスは、少し離れた場所で二人のやりとりを興味深げに見ていたフェリクスに視線をやった後、くるっと背を向けて部下たちのところへさっさと行ってしまう。エルティシアが呼び止める隙もなかった。

「まったく、あの頑固者……」

フェリクスがぶつぶつ言いながらエルティシアの傍に来る。そして涙を湛えた目でグレイシスの後ろ姿を見つめるエルティシアを慰めるように言った。

「すまないね、シア。本当に融通のきかない奴でさ。また閣下のいる時に来ればいい。その時はあいつももうちょっと愛想よく……」

「いいえ、フェリクス様。もういいの」

エルティシアは首を横に振って涙を払うと、手にしていた小さな手提げから一通の手紙を取り出した。ここに来る前にライザに書くように言われてしたためた、叔父宛ての手紙だった。それをフェリクスに差し出しながら言う。

「フェリクス様。すみませんが、これを視察旅行に出かけている叔父様に届けてもらっていいでしょうか？　何かのついでで構いませんから」

手紙を受け取った叔父が何か手を打とうと思っても、遠く離れた場所にいる彼ができることは限られている。間に合わないだろう。それでも、せめて……。

そう思って差し出した手紙を、フェリクスはじっと見つめた後受け取った。

「確かに受け取ったよ。必ず将軍閣下に届ける」

それから彼はエルティシアを優しく見下ろす。

「で、シア。何があったのかな？　君はなんでそんなに悲しそうなの？」

「……え？」

エルティシアはハッと顔を上げた。そんな彼女にフェリクスは微笑む。

「君とは長い付き合いなんだ。何か困ったことが起きたからここを訪ねてきたのだとすぐに分かったよ。君は言いつけはちゃんと守る子だもの。ただ遊びにくるだけなら、必ず閣下の許可を取ったはず。……まぁ、あの朴念仁《ぼくねんじん》は自分の劣情を抑えるのに精一杯で気づきもしなかったようだけどね」

フェリクスは片目を瞑って見せた。

「フェリクス様……」

「さあ、君が何を悩んでいるのか、このお兄さんに言ってごらん？　必ず力になるよ」

その温かい言葉にエルティシアの目に再び涙が浮かんだ。フェリクスの優しさが嬉しいと思う一方で、本当はグレイシスの口からこの言葉が聞きたかったのに、と思わずにいられない。悲しみが胸を塞ぐ。

――グレイ様の、バカ……。

エルティシアはそう心の中で呟いてから口を開いた。

「あの、実は……」


……さすがのフェリクスも相手が悪名高いユスティス伯爵だと知りびっくりしたようだった。

「まさかここでその名前が出てくるとはね。予想もしてなかったよ」

しみじみと呟いた後、彼はエルティシアの頭に手を置き、優しく撫でる。

「フェ、フェリクス様？」

「よく話してくれたね、シア。辛かっただろう。本当にあの石頭ときたら……どっちが子供なんだか」

頭を撫でる行為もまた子供扱いと変わらないだろう。けれど、なぜかエルティシアはフェリクスに子供扱いされたとは思わなかった。

フェリクスはエルティシアの頭から手を離すと笑みを浮かべて問いかけた。

「さて、シア。必ず力になると言ったのは本当だよ。どうしたい？　ユスティス伯爵の弱みでも探って君から手を引くようにしむけるかい？」

「い、いいえ、それは！」

エルティシアは慌てて首を横に振った。軍の情報局を管轄する立場にあるフェリクスならそれも可能だろう。けれど、エルティシアはグレイシス同様、彼を自分の家のことに巻き込むことに抵抗を感じていた。

それにユスティス伯爵をここで追い払っても、結局第二、第三の伯爵が現れるだけだ。エルティシアの家の経済状況が良くならなければ……いや、父が叔父への劣等感から解放されなければ、また同じことを繰り返すだろう。

「だったら君の望みは？」

フェリクスが穏やかな口調で尋ねてくる。エルティシアは兄とも思っている人物を前に、つい言ってしまっていた。

「グレイ様に……愛してもらいたい」

エルティシアのまぎれもない気持ちだった。どんなに素っ気なくされても、ライザに対しては諦めなければなどと言っていても、やはり自分はグレイシスを思い切れないのだ。

――グレイ様が好き。妹としてではなく、一人の女性として愛して欲しい。

するといきなりフェリクスが笑い出した。

「愛してもらいたい、か。うん、いいね、その手でいこうか！　是非あいつを押し倒して欲しいな」

「お、押し……？」

エルティシアは仰天し、次に顔を赤く染めた。つい何気なく言ってしまったが、「愛して欲しい」という趣旨《しゅし》の発言には、精神的な意味と、肉体的な意味の両方があることを失念していたのだ。そしてフェリクスは、彼女の発言をどうも性的な意味で受け取ったらしかった。

「わ、私、そうじゃなくてっ」

慌てて否定しようとしたエルティシアは先ほどグレイシスを前にして自分が考えたことを思い出し、ハッとして口をつぐんだ。間違ってなどいない。

――そうよ、私はグレイ様に純潔を奪って欲しい。……愛して欲しい。

「そういうことなら喜んで協力しよう。君とグレイが誰にも邪魔されないで二人きりになれる場と機会を提供するよ。それでいいかい？」

フェリクスはクスクス笑いながら言ってくる。エルティシアはぎこちなく頷いた。

「は、はい」

「よし、じゃあ、準備ができたら君に連絡するよ」

そう言ってフェリクスはもう一度エルティシアの頭を撫でる。昔、彼にもグレイシスにもよくこうしてもらっていたことを思い出し、照れながらも受け入れていると、ふと頭の重みがなくなった。見上げるとフェリクスが苦笑している。

「誰かさんが睨んでる。僕が君に触るのが気に食わないらしいよ……本当に、素直じゃないねぇ」

「え？」

「いや、何でもない。さ、行こうか」

そう言ってフェリクスはエルティシアの背中を押して、やや強引に歩き始める。エルティシアも押されるままに歩き出しながら、つい中庭のグレイシスの姿をもう一度見たくなって振り返ろうとした。だが、フェリクスの身体に遮られてしまう。

「あいつのことは気にしないで。少しくらいやきもきさせてやるくらいがちょうどいいのさ」

フェリクスはよく分からないことを言いながら、エルティシアを中庭から連れ出していく。

だから、彼女は自分たち二人の背中を、琥珀色の瞳がずっと追っていることを知ることはなかった。


「准将殿？　どうかなされたのですか？」

二人の姿を眉を顰めて見ていたグレイシスに副官が声をかける。彼はグレイシスの視線を追って、中庭をくるりと取り囲む回廊の向こうに消えていく男女の姿に気づいた。

「グローマン准将と、隣にいるのは……もしや」

副官もエルティシアとは面識があり、上官が彼女をどう見ているのかも知っていた。だからこう切り出した。

「稽古なら自分が代行をします。准将は彼女を追いかけて……」

グレイシスはエルティシアたちから視線を外して首を横に振った。

「いや、いい。稽古に戻るぞ」

「え？　は、はい」

スタスタと歩き出したグレイシスを副官が慌てて追う。そんな彼は、グレイシスが一度だけ足を止めて振り返ったことに気づいたが、賢明にも何も言わなかった。


一方、グレイシスの視線に気づいていたフェリクスは、もとの道をエルティシアと二人で戻りながら、彼女に知られないようにくすっと笑い、ひとりごちる。

「面白いことになってきたねぇ。まぁ、既成事実があれば頑固なあいつも重い腰をあげざるを得ないだろう。それにそうなればこちらにとっても都合がいい」

――突然起こった不自然な縁談。不自然な動機。

フェリクスの得た情報によると、ユスティス伯爵は若い頃にわずらった病気のせいで子種がないのだという。世間には広まっていないが、そのことは本人ももちろん知るところであり、つまり、エルティシアを娶る動機が子供が欲しいからというのは当然あり得ないのだ。

「さて、何が目的やら」

思いも寄らないところから手に入ったユスティス伯爵に繋がる「カード」。これをうまく使えば、必ず真相に辿り着けるだろう。

そして、そのカード——可愛い妹分のエルティシアは、謎を解く重要な鍵となってくれるに違いない。

「……本当に楽しみだよ。このゲームに勝つのは、一体誰だろうね？」

そう呟くフェリクスの水色の瞳は楽しげに煌《きらめ》いていた。

第三章　媚薬

「で、あれからみつあみ男の連絡はあったの？」

屋敷に訪ねてきたライザが、エルティシアの部屋で二人きりになったとたんに言った言葉がこれだった。エルティシアは首を横に振る。

「まだよ」

左翼軍の総本部を訪ねてから十日ほど経つが、その間フェリクスからの連絡はなかった。彼の言った〝準備〟がいつ頃整うのかも分からないままだった。

エルティシアの返答にライザは顔を顰める。

「あの男、人に協力しろと言っておきながら！　せめて途中経過くらいは知らせなさいっていうのよ。こっちだって都合というものがあるのだから」

――あの日、ライザの待つ馬車までエルティシアを送っていったフェリクスは、彼の姿を見て顔を引きつらせるライザに協力を取り付けたのだ。話がまったく見えなくて彼女が困惑しているのは明らかだったのに。

　けれど、ライザはエルティシアのために承諾してくれた。今も数日おきに訪ねてきては、沈みがちになる彼女を元気づけてくれている。いつ父親から「正式な婚約が整った」と言い渡されるか、気が気でないエルティシアにとっては、涙が出るほど嬉しい気遣いだった。

「まったくタイミングが悪いったら。こんな時に伯母様の療養の付き添いだなんて」

　今日ライザが訪ねてきたのは、伯母の付き添いで、明日から一週間ほど保養地に行かなければならなくなったと告げるためだった。近郊とはいえ、馬車で片道一日はかかる場所だ。

「その間、みつあみ男から連絡がなければいいんだけど……。とにかく、なるべく早く戻ってくるわね、シア」

「ありがとう、ライザ。でも大丈夫だから気にしないで」

　エルティシアは明るい笑みを浮かべた。ライザの気持ちが嬉しかった。

　グリーンフィールド伯爵家の経済状況が悪くなり、その噂が広まるにつれ、エルティシアから距離を置く令嬢たちは多かった。けれどそんな中、ライザはまったく以前と変わらない態度でエルティシアに接してくれている。それだけでも感謝しているのに、突拍子もないことを言い出したエルティシアに協力するとまで言ってくれたのだ。感謝してもしきれない。

「本当にありがとう、ライザ」

「え？」

目を潤ませながら言ったエルティシアに、ライザは軽く目を見張る。

「そんなに感謝されるようなことをしたかしら？」

「だって……夫でもない男性に純潔を捧げたいだなんて、ふしだらなことを言い出した私を見捨てなかったじゃない。軽蔑されてもおかしくないのに」

エルティシアは恥ずかしそうに目を伏せて呟く。自分でもとんでもないことを言い出した自覚はあった。万が一この話が漏れて広まれば醜聞《しゅうぶん》となり、自分の評判が地に落ちることも分かっている。けれどあれから十日経った今でも、グレイシスに初めてを捧げたいという彼女の思いは変わらなかった。

ライザはキョトンとした。彼女にとってエルティシアの言葉は思いも寄らないものだったらしい。

「やあね。そんなことで軽蔑はしないわよ。それに……」

そこまで言ってライザは言葉を切ると、真剣な眼差しをエルティシアに向ける。

「ねぇ、シア。反対に聞くけれど、もし私がもうとっくに純潔を失った身だと言ったら、あなたはどう思う？　軽蔑する？　そんなふしだらな女とは友達をやめようと思う？」

「まさか！」

エルティシアは首を横に振る。

「そんなの関係ない。純潔だろうが、そうでなかろうが、ライザはライザだもの」

強く言ってから、エルティシアはハッとなる。そんな彼女にライザは優しく笑いかけた。

「ね？　そういうこと。シアが純潔じゃなかろうと、私は気にしないわ。もちろん、間違った相手に初めてを与えようとするのなら断固として止めるけれど、私はシアがどんなにロウナー准将を好きだったか知っているもの。反対するわけがないでしょう？」

「ライザ……」

じわりとエルティシアの目に涙が浮かぶ。

「ありがとう。本当に、ありがとう、ライザ」

「だから、そんなにお礼を言ってもらう必要はないの」

そう言った後、ライザは照れた顔を隠すように明るい口調になった。

「それに何も心配いらないわ。ユスティス伯爵はあなたが純潔であるかなんて、気にしないわよ。むしろ面倒がなくなったと言うだけじゃない？」

エルティシアは苦笑して頷いた。

「きっとそう言うわね。お父様の前でも悪びれもせず、似たようなことを言っていたもの」

「ね？　だからあなたはロウナー准将のことだけ考えていればいいのよ」

ライザは励ますようにそう言った後、こっそり心の中で呟く。

――そう、それに真面目な准将のことだ。純潔を奪ってしまったら、絶対に責任を取ろうとするはずだ。

ライザの見たところ、グレイシスはエルティシアに無関心ではない。無関心どころかフェリクスの発言もあわせて考えるに、その反対だ。おそらく関心がありすぎるから、あんなふうにエルティシアを子供扱いすることで、自分から遠ざけているのだ。だからそのためらいを取り払うことができさえすれば——。

そのために「エルティシアの純潔を奪わせること」はとても有効な手に思えた。だからライザはフェリクスのその計画に乗ることにしたのだ。

きっとすべてうまくいく。エルティシアは幸せになれるだろう。

そう思いながらライザは明るい話題に切り替えた。

「そういえば、一昨日の夜、父の友人の伯爵家の夜会に出席したのだけど、そこでは王弟陛下の話題で持ちきりだったわ。謎の公爵はいつ公の場に姿を現すのかって」

「まぁ、今そんな話になっているのね」

夜会にほとんど出なくなったエルティシアのために、ライザはこうしていつも社交界の噂話や話題になっていることを彼女に伝えてくれているのだ。

今の社交界において最大の関心事は、フリーデ皇太后のせいで長年不遇の身であった国王の異母弟のことだった。最近その存在と立場が国王に認められ、公爵の位と領地を与えられたのだという。だが当の彼は今まで一度も公の場に姿を現したことがなく、みんなが興味を抱くのも無理はなかった。

「陛下の弟君なのだから、きっとまだお若いのでしょうね」

グランディア国王はまだ三十歳になったばかりだ。母親であるフリーデ皇太后とその取り巻きの悪政のせいで混迷した国を建て直すのに忙しく、まだ王妃を迎えていない。グレイシスとフェリクス以上に注目されている独身男性なのだ。

エルティシアはライザをちらりと見る。侯爵令嬢であるライザは有力な王妃候補の一人と噂されていた。もっともライザ自身は王妃の地位になどまるで興味はないようだが。

「噂によれば公爵は陛下より二歳年下で独身らしいわ。結婚相手として優良な物件が増えるって女性たちは大喜びよ。どんな性格でどんな容姿をしているのかまるで不明な相手によくときめけるものだわね」

公爵となれば侯爵令嬢の結婚相手としては最適だろうに、ライザの口調はどこまでも他人事だった。そういえばエルティシアの恋は応援してくれていても、ライザの口から自分自身の恋愛、結婚に関する話は一度も出たことがない気がする。

「ねぇ、ライザ。ライザは……」

結婚や恋愛に興味がないのかと尋ねようと思った矢先、廊下の方から足音がするのに気づいて口をつぐんだ。すぐに扉がノックされ、侍女が手紙を手に現れる。

「お嬢様。グリーンフィールド将軍様からお手紙が届きました」

「ジェスター叔父様から？」

エルティシアは首をかしげる。フェリクスに託した手紙の返事が届いたのだろうか？　それにしては早すぎる気が……。そう思いながらも侍女から手紙を受け取り、彼女が部屋を出て行った後開封したエルティシアは「あっ」と小さく叫んだ。

「何？　何が書いてあったの？」

ライザが興味深そうに尋ねる。エルティシアは大きな目を丸くしながら手紙を見せた。

「これ、叔父様からの手紙じゃなくて、フェリクス様からよ」

おそらくエルティシアの家人に不審を抱かせないために叔父の名を借りたのだろう。結婚がほぼ決まっているエルティシア宛てに独身男性であるフェリクスから手紙が届いたともなれば、いらぬ詮索を受けるに決まっている。けれど、叔父なら身内だし、たびたびエルティシアに手紙が届くこともみんなが知っている。叔父の使用人に届けさせれば、簡単に差出人を偽ることができると踏んだのだ。

ライザが封筒を手に取って感心とも嫌みとも取れる感想を漏らした。

「それなら気づかれないってわけね。抜け目ないこと」

「さすがフェリクス様」

エルティシアは素直に感嘆しながら、文面に目を落とす。そこには、グレイシスが今夜フェリクスの屋敷に来て泊まる予定だから、エルティシアも見つからないようにこっそり屋敷を訪れるようにという内容が流麗な字で記されていた。

それ以外にもこと細かな指示の書かれていた手紙を手にエルティシアは絶句する。

「シア？　どうしたの？　あのみつあみ男は何を言ってきたの？」

ただならぬエルティシアの様子にライザが眉を上げた。エルティシアは手紙から顔を上げると、ライザを見て呆然と口を開く。

「今夜ですって……」

「え？」

「今夜来い、ですって……」

「はぁ!?　今夜？　いきなり今夜なの？」

ライザの呆れたような叫びが、エルティシアの部屋の中に響いたのだった。

＊＊＊

——その日の夜遅く、王都にあるフェリクス・グローマン准将が所有する屋敷に馬に乗った一人の客がひっそりと到着した。出迎えたのは屋敷の主であるフェリクスただ一人。

彼は訪問客を玄関の中に招き入れながら小声で言った。

「ようこそ、我が家へ。こんなに夜遅くにすまないね。夜道は大丈夫だった？」

「はい。ライザがエストワール家の使用人をつけてくれましたから」

灰色のフードを取り外しながらエルティシアは答える。馬車だと車輪の音でグレイシスに来訪が知られてしまう可能性があったために、馬で来て、少し遠くに停めるようにとフェリクスから指示があったのだ。

「さすが、頼りになる人だね、ライザ嬢は」

フェリクスは小さく笑う。

――驚きから覚めたライザの行動は早かった。今夜のことを考えて動揺するエルティシアに、てきぱきと指示をする。

「私と一緒に伯母様の保養地に行くことにするといいわ。そうすれば外泊する立派な理由になるでしょう？」

貴族の娘が不審がられずに夜外出するには、夜会という理由でもない限り難しい。めったに夜会に行くことがないエルティシアのために、ライザは外泊する口実を与えてくれるというのだ。

「みつあみ男の屋敷へは、エストワール家《う ち》から向かうといいわ。明日の朝早く出発するから、今夜はうちに泊まることにすれば問題はないもの」

「ありがとう、ライザ」

両親の許可は拍子抜けするほど簡単にもらえた。資金援助と引き換えに結婚を強要しているということで、意外にも母親だけでなく父親も罪悪感を抱いているらしい。エルティシアの機嫌をとろうとでも言うのか、父親は最近妙に優しく二つ返事だった。もちろん、侯爵家の令嬢であるライザの要請があったことも大きいだろう。

エルティシアは快く送り出してくれる両親を前に、ちくりと胸が痛むのを感じた。彼女はこれから二人の信頼を裏切るような行為をしようとしているのだ。でも、これが最後の我儘だ。グレイシスに純潔を捧げたら、あとは二人の望むとおりの娘になるから。そう心に言い聞かせてライザと共に屋敷を後にした。

そしてエストワール邸で夜になるのを待ってから、ライザが護衛としてつけてくれた二人の使用人にここ――フェリクスの所有する屋敷まで送ってもらったのだった。

「急ですまない。グレイも僕も仕事が早く引けたから、今追っている事件の話も兼ねて急遽うちで飲むことになってね。ちょうどいい機会だから君を呼んだんだ」

静まり返った廊下を二人で歩きながらフェリクスが説明をする。

「びっくりしましたけど、でも……ありがとうございます……」

エルティシアは震える声で言った。ついさっきこの屋敷に入るまでは平静だったのに、こうして忍びながらグレイシスのもとへと向かっている今、すっかり怖じ気づいていた。

こんなことをしてしまっていいのだろうかと、今更ながら不安と怯えがズシンと胸にのしかかる。自然と歩みが遅くなった。

フェリクスは足を止め、エルティシアを見下ろしながら優しく囁《ささや》く。

「怖いかい？　今ならやめられるよ？」

「い、いえ……」

エルティシアは首を横に振り、シュミーズドレスの胸の前で両手をぎゅっと握り締めた。

今更後戻りはできないのだ。

「そうか。シア、この奥の突き当たりの部屋がグレイの泊まっている客用の寝室だ」

フェリクスは薄暗い廊下の先を指差す。エルティシアはそちらに視線を向けてごくりと息を呑んだ。

あの部屋の中にグレイシスがいる。彼女が来るなんて夢にも思っていないだろうグレイシスが。

その彼にユスティス伯爵との縁談のことを告げ、エルティシアを抱くように説得しなければならないのだ。

「僕はここから引き返して自分の部屋に戻るよ。……一人で、行けるかい？」

「は、はい」

フェリクスの言葉に頷きながらも、エルティシアの心臓は壊れるくらいに速く脈打っていた。

——彼はエルティシアの姿を見てどう思うだろうか？　彼に何て説明すればいいのだろうか？

エルティシアはそのことで頭がいっぱいだった。だからだろうか、次にフェリクスが言った言葉がとっさに理解できなかった。

「大丈夫。そろそろ薬が効いている頃だ。あいつの理性も君に対する壁も一緒に吹き飛ばしてやればいい」

……薬？

頭の片隅でかすかに湧いた疑問は、フェリクスにやさしく背中を押されたことであっという間に霧散《むさん》してしまった。押し出されるように一歩二歩とその扉に近づいていくにつれて、エルティシアの頭の中からフェリクスの言葉が薄れていく。そしていよいよ扉の前に立った時には、フェリクスの存在すら脳裏から消えていた。

　重厚な扉を見上げ、エルティシアは何度もつばを飲み込む。耳の奥でドクドクと鼓動が高まり、静かなはずの廊下がやけに煩《うるさ》く感じた。背中に汗が流れ落ちていく。

　この先に待っているのは、幸せか、不幸か――。

　エルティシアは祈るように両手を胸の前で組んだ後、意を決して扉に手をかけた。

　――ギギ。

　かすかに軋《きし》んだ音を立てて、扉が開いていく。人が一人通れるくらいの隙間が開いた後、エルティシアは覚悟を決めてそこに身を滑らせた。

　中は薄暗かった。ほとんどの灯りは消され、唯一、部屋の中央にあるベッド脇のテーブルに載った小さなランプだけが、周辺をぼんやりと照らしていた。その明かりの中で、誰かがベッドに横たわっているのが見て取れる。グレイシスだ。

　エルティシアはベッドに近づきながら、そっと声をかけた。

「……グレイ様……？」

　その声は震えて掠《かす》れていたが、静寂に包まれた部屋の中ではやけに響いて聞こえた。けれど、ベッドの上のこんもりとした山から応答はない。

　……眠っているのだろうか？

「グレイ様？」

「……っ……」

「グレイ……」

ベッドのすぐ近くまで辿り着き、そっと覗いたエルティシアはそこでようやく異変に気づく。

ベッドに横向きに横たわるグレイシスの目は閉じられていた。だが、額には汗が浮き出ており、何かに耐えるかのように歯を食いしばり、眉間には皺が寄っている。手に血管が浮き出るほど強くシーツを握り締めているのが見て取れた。彼は眠ってなどいないのだ。

もしや具合が悪くて……!?

彼の苦しみようはそうとしか見えなかった。

「グレイ様!」

慌てて呼びかけながら、エルティシアは彼の肩に触れた。シャツを通してもその熱さが伝わってくる。

フェリクスに知らせて医者を呼ばなければ! そう思い踵を返しかけた時、グレイシスの目がふっと開いた。熱を帯びた琥珀色の瞳がエルティシアの姿を捉え、見開かれる。

「……シアお嬢さん……?」

その声は熱のせいか、くぐもっていた。

「なぜ、ここに……」

「グレイ様、大丈夫ですか? 今、人を呼んできます!」

「……違う。その必要は、ありません」

はぁと熱っぽい息を吐いて、グレイシスは顔を上げた。いつもは後ろに撫で付けられている前髪が乱れ、汗ばむ額にかかっている。いつにないその姿が妙に色っぽくて、エルティシアはドキリとした。

だが、次のグレイシスの言葉にそんな思いはすぐに吹き飛んでしまう。

「媚薬だ……いつの間にか、盛られた」

「び、媚薬……!?」

グレイシスは苦しそうに呻《うめ》く。

「裏の世界で、出回っている、類《たぐい》の……くっ」

「グレイ様、しっかりして！」

グレイシスが歯を食いしばる。再び目が閉じられ、その手がシーツを握り締める。

媚薬？　それも裏の世界で出回っている類の？　なぜそんなものがグレイシスに？　一体誰がそんなことを……。

エルティシアの頭の中は疑問符でいっぱいだった。だがその時、フェリクスの言葉が脳裏に蘇った。

『大丈夫。そろそろ薬が効いている頃だ』

エルティシアの顔がサッと色を失う。まさか、フェリクスが？

だが、この屋敷でグレイシスに薬を盛ることのできる人間となったら、彼以外にはいない。それに、あの言葉。だとすれば、これは……。

「私の、せい？」

フェリクスがグレイシスに媚薬なんて飲ませたのは、エルティシアが彼に抱いてもらいたがっていたからだ。彼女を助けるつもりでフェリクスはそんなことをしたに違いない。だとしたら直接手を下していなくても、これはエルティシアのせいだ。

「ごめんなさい、グレイ様……！」

エルティシアは目を潤ませながら謝ると、ベッドサイドのテーブルにあった水差しを手に取った。大量に水を飲むことで少しはその効果が薄まるのではないかと思ったのだ。だが、ふと別の考えに至り、コップに注ぎ込もうとした手を止めた。

この水にその媚薬が入っていないという保証はない。フェリクスがどうやって媚薬をグレイシスに盛ったのか分からない以上、下手に飲ませて悪化したら……。

「グレイ様、私、やっぱり人を呼んできます」

水差しをテーブルに戻してエルティシアが声をかけると、グレイシスは目を開けてかすかに首を振った。

「その、必要はない。それより、早く、ここから出て行ってください……シアお嬢さん」

「え？」

「ここにいては、だめだ。すぐに、部屋、から、出て行くんです」

そう言った後、グレイシスは顔を歪ませた。その額に汗が光る。

エルティシアは知らなかったが、グレイシスの飲んだものは人身売買をしている裏の組織が、攫ってきた人間を性奴隷にする時に使用する強い薬だった。フェリクスは、摘発した時に軍が押収したその薬を、グレイシスに使ったのだ。欲望を解放しない限り、その成分は身体から抜けることはなく、どんどん責め苦が酷くなっていくという。

このままだとそのうち限界がきて、目の前にいる相手――エルティシアを襲ってしまうだろう。そう思っての発言だった。

だが、エルティシアにとってその言葉は自分への拒絶にしか聞こえなかった。こんな時ですら、彼はエルティシアに触れることを厭う。傍に近寄るなとも言う。

エルティシアはぎゅっと目を瞑って涙を押しとどめると、口を引き結んだ。

次に目が開かれた時、その青い瞳には強い決意が浮かんでいた。媚薬に冒されるグレイシスを見下ろしながらドレスのボタンに手をかける。

――どうせ今更もう後には引けない。この状況を利用してでも、私は、グレイ様、あなたを……。

「何を、している？」

琥珀色の切れ長の目が見開かれた。彼の掠れた声と、エルティシアがドレスを脱ぐ衣擦れの音だけが部屋に響く。

ボタンと紐が外されたドレスは、スルスルと肌にそって足下に滑り落ちていく。エルティシアは足下に落ちた淡い水色のドレスの輪から一歩踏み出すと、今度はレースに縁取られた白いシュミーズに手をかけていった。

「シア……!?」

初めてグレイシスがシアを「お嬢さん」抜きで呼んだ。先ほどより息が荒くなっているのが見て取れて、エルティシアの胸に悦びがさざなみのように広がっていった。それが彼女の最後のためらいを吹き飛ばす。

シュミーズが肌をすべり、床に落ちてレースの塊《かたまり》になった。けれどその頃にはもう、エルティシアの手は最後に残ったドロワーズのリボンに触れていた。

――もう私は「お嬢さん」じゃない。子供でもない。それを彼に証明しよう。

ドロワーズが床に落ち、エルティシアはとうとう一糸纏わぬ姿になった。グレイシスの顎《あご》に力が入り、食いしばる歯がぎりっと音を立てる。

淡いランプの光に照らされて、エルティシアの白い肌が浮かび上がった。華奢な腰や肩のラインとは裏腹に、下着から解放された胸の膨らみは豊かに張り出し、紅色に色づく先端はツンと尖っている。腰からお尻にかけて広がるラインはまろやかな円を描き、柔らかそうなその肉感は明らかに子供のものではないことを示していた。一方で脚の間を覆う金色の茂みは薄く、一見子供のようだ。だが、ふっくらとした花弁が透けて見える様は淫靡《いんび》で、清楚《せいそ》さと淫猥《いんわい》が入り混じる妙《みょう》を、目の前の男に訴えかけていた。

エルティシアは熱を帯びた琥珀の目が自分の裸体を見上げるのを見て、ふるっと身体を震わせた。肌を撫でる視線が、実際に触れられているかのように感じたのだ。ぞわぞわと背中を走る快感に、息を詰める。胸の先がちりちりと疼《うず》き、柔らかかった先端がふっくらと尖って主張していく。それと共に下腹部がズキンと痛み、奥からじわりと何かが溢れ始めていた。

「グレイ様……」

エルティシアは自分の身体の変化を強烈に意識しながらも、じっとグレイシスを見つめた。琥珀色の目と視線が絡む。逸らすことを忘れたように、二人は見つめあった。それは、二年前、十六歳のエルティシアが、グレイシスに助けてもらった時に二人の間で起こったこととよく似ていた。あの時も言葉を忘れてお互いに見入っていて……。

けれどその瞬間は、一歩ベッドに近づいたエルティシアの動きによってやぶられる。グレイシスは夢から覚めたようにハッとして視線を逸らした。

「やめろ、今すぐここから出て行くんだ」

今までなら、エルティシアはその態度に傷ついて悲しい思いをしていたに違いない。けれど、彼の視線が逸らされる瞬間、その瞳に溢れる渇望を垣間見て、彼女の心は歓喜に包まれていた。グレイシスはエルティシアに欲望を感じているのだ。それが媚薬のせいであっても構わなかった。

「グレイ様、苦しいのでしょう？　私の身体を使ってください」

エルティシアはベッド脇に立つと、身を乗り出して囁いた。

「私の身体を使って、媚薬を抜いてください」

「な……っ」

　グレイシスは絶句したようだった。エルティシアは構わずベッドにあがり、シーツを掴むグレイシスの手に触れる。グレイシスはハッとしてその手を払うと、厳しい口調で言った。

「やめろ。今すぐ部屋を出て行け。俺は子供と寝るつもりはない」

「……子供じゃありません」

　この期《ご》に及んでまだ子供扱いしようとするグレイシスに苛立ちを覚え、エルティシアは再びグレイシスの手を取ると、その手を強引に胸の膨らみの一つに導いた。

「触って、グレイ様。自分の手で確かめて。私が子供かどうかを」

「……っ、やめろ」

　エルティシアの柔らかな胸にてのひらを押し付けられたグレイシスは息を呑んだ。白く滑らかな肌に触れる浅黒い手が震え、一瞬だけ力が篭《こ》もる。だがすぐにその手を力ずくで外すと、エルティシアの肩をぐいっと押しやった。

「やめろ。俺に触れるな」

「……嫌、です」

「シア」

「抱いてください。私、グレイ様になら何をされてもいい」

　グレイシスが再び息を呑む。エルティシアのむき出しになった肩を押しのけていた右手の力がふっと緩み、もう片方の手があがった。その手がエルティシアのもう一方の肩に伸ばされる。けれどその白い肌に触れるほんの少し手前で動きは止まり、触れることを恐れるかのようにぎゅっと拳が握られた。

グレイシスはその手を頭上に伸ばしヘッドボードを摑むと、それを支えに身を起こしながら、もう片方の手でエルティシアを押しやった。

「もう一度言う。今すぐここから出て行くんだ」

「……抱いてもらうまで、出て行きません」

エルティシアは手を伸ばしてグレイシスのシャツに触れた。彼はその手を摑み、エルティシアを押しのけようとする。けれどその手には先ほどまでの力はなかった。それに、両手で押しのければいいものを、グレイシスはヘッドボードを摑む手は決して離そうとしなかった。

もう身を起こしてしまったのだから支えなど必要ないはずなのに……疑問に思ったエルティシアだが、すぐにその真意に気がつき、胸が躍った。

グレイシスはこれ以上彼女に触れないようにしているのだ。だけどそれは欲望を抑えるため。引き寄せてしまいそうになるのを止めるために、こうして自分を戒《いまし》めているのだ。

辛いだろうに、苦しいだろうに。エルティシアが差し出した身体を使えば楽になれると分かっていながら、彼は……。

エルティシアはグレイシスのシャツに手をかけると同時に、そっとシャツ越しの胸に唇を寄せた。

「シア！　やめろ」

「グレイ様、今楽にしてあげる。最初で最後になるけれど……でも私の身体が役立つのなら本望だわ」

「やめろ……」

グレイシスの片手がシャツに顔を埋めるエルティシアを押しのけようとする。けれど、その手はもはや添えられているに等しい。エルティシアに触れるたびに彼の身体から抵抗する力と意思が無くなっていくようだった。

……あと少し。もう少しでこの人は私に堕ちてくれる。

そう思うとゾクゾクとした悦びが心と身体に広がっていく。そのせいだろうか、普段は恥ずかしくてできないようなことも、この時のエルティシアには平気に思えた。

エルティシアはグレイシスのシャツのボタンを外し、露わになった素肌に口づけた。

「……っ、やめるんだ……」

グレイシスの肌は熱く、しっとりとしていた。そこから立ちのぼる「男」の匂いは極上の酒のようにエルティシアを酔わす。彼女はグレイシスの肌の上でうっとり微笑むと、ボタンを外す手を下へと向かわせながら、キスで辿っていく。

やがて最後のボタンを外し終え、グレイシスの引き締まったお腹から胸へ唇をすべらせたエルティシアは、トラウザーズにそろそろと手を伸ばした。

「……っ、やめるんだ、シア。これ以上続けば、俺は……」

エルティシアの肩に置かれたグレイシスの右手にぐっと力が入った。エルティシアは顔を上げ、潤んだ目でグレイシスを見つめながら告げる。

「グレイ様……好き……」

「……っ……」

ごくりと喉を鳴らす音が、エルティシアに更なる悦びと熱をもたらした。その熱が命じるままに、エルティシアはグレイシスの黒いトラウザーズに手を伸ばして、そのボタンに手をかけた。ところが、前のボタンを二つほど外したところで、グレイシスの手に押さえられ、強引に引き剝《は》がされそうになる。その時、そうはさせまいと伸ばしたエルティシアの手が偶然にも、トラウザーズを押し上げているグレイシスの欲望の証に触れた。

それは、硬く熱を帯びていた。布越しだというのに、エルティシアの手にははっきりとその感触が伝わってくる。自分が触れているものの正体に気づき、エルティシアの頬が赤く染まる。

……ズクンと、手の中のものが大きく脈打った気がした。

次の瞬間、グレイシスの両手がエルティシアの肩を捕らえた。強い力で引き剝がされ、それに抗《あらが》う間もなく、景色が反転した。

「……え……？」

——気づくと、エルティシアはベッドに押し倒され、グレイシスにのしかかられていた。

すぐ目の前には琥珀の目をギラギラと燃え立たせるグレイシスの顔があった。

グレイシスは食いしばった歯の間から唸るような声を出してエルティシアを詰問した。

「誰だ……？　誰があなたにこんなことを教えた……!?」

「お、教えた……？」

エルティシアはグレイシスが何を言っているのか分からなかった。だが、全身から怒りを発しているのだけは分かった。

「男の素肌に触れてキスをすること。男の欲望に触れること。……誰に教えてもらった!?」

「え？　あ？　あ、ああっ……！」

グレイシスはエルティシアの膝を摑んで大きく押し開くと自分の身体を間に割り込ませる。エルティシアは大事な部分が露《あら》わにされたことに気づいて、カァと全身の熱が上がるのを感じた。

「シア、誰だ？　フェリクスか？　この間の夜会でダンスに誘っていた男か？」

「え？」

なぜここにフェリクスの名前が出てくるのだろう？　ダンスに誘っていた男って？

戸惑っていると、グレイシスは顔をぐっと近づけてくる。いつも冷静でめったに感情を表さないその顔が怒りに歪んでいた。

「答えろ、誰にこの身体を開いた？」

「え？　ち、違っ……！」

エルティシアはここにきてようやく、グレイシスが何を怒っているのか理解した。彼は男性の素肌にキスをし、偶然にしろ性器に触れるようなまねをしたエルティシアのことを、すでに男を知っている身だと考えたのだ。

「誰にもっ、誰にも教わってなんかいません！」

エルティシアは慌てて首を横に振った。それでも変わらない彼の怒りの表情に、必死になって言い募る。

「グレイ様にだけです、こんなことをするのは！」

グレイシスはエルティシアの言葉を吟味《ぎんみ》するかのように琥珀色の目を細めていたが、やがて小さな吐息と共に言葉を漏らした。

「まぁ、いい。……身体に聞けば済むことだ」

「——え？　あっ……！」

大きな手がエルティシアのむき出しの乳房を掴んだ。やや乱暴に揉《も》みしだかれ、エルティシアは痛みに息を詰める。

両方の手に掬い上げられ、円を描くように捏《こ》ねられる。エルティシアは自分の胸がグレイシスの浅黒い手の中で思う様嬲《さまなぶ》られ、形を変えていくのを呆然と見つめていた。最初は痛いだけだったのに、なぜか痛みは徐々に遠のき、代わりに妙な気持ちになってくる。そこには全然触られてもいないのに、胸の先端がじんじんと熱を持ち始める。

するとグレイシスはそれを見抜いたように、柔らかな肉の中心でふっくらと色づく先端を指で捕らえて、ふっと笑った。けれどエルティシアを見下ろすその目は少しも笑っていない。

「柔らかくて吸い付くような肌……男を夢中にさせる身体だな」

どこか嘲るような口調だった。エルティシアは悲しくなりながらも、敏感な胸の頂をぐりぐりと押しつぶされ、喘《あえ》いだ。

「……んっ、あ……くぅ、ん……」

背中にぴりぴりと痺れが走る。それと呼応するようにお腹の奥がきゅんと疼いて、エルティシアはそのたびにびくんと身体を揺らした。

「ずいぶんと敏感だな……」

グレイシスは言いながら、頭を下げて首筋に唇を押し当てる。エルティシアは突然肌に感じた生暖かく濡れた感触に息を呑んだ。

「……ん……」

彼は耳朶を噛み、喉を舐《な》めあげ、肌を濡らしていく。それぞれ異なる感触と首筋を撫でる彼の髪がくすぐったくて、肌が粟立《あわだ》った。その間も、胸を弄《いじ》る少し乱暴なくらいの動きは止まらず、柔らかな肉を揉みしだきながら先端を指先でつねられる。そのたびに身体が小さく跳ねた。

「あっ、ん……っ！」

突然、胸の先が生温かいものに包まれたのを感じて頭を上げると、グレイシスが片方の胸の先端を口の中に含んでいた。彼がそんなことをするとは思わなかったエルティシアは信じられない思いで自分の胸に吸い付く彼を呆然と見下ろす。けれど、胸の先に与えられた刺激と、じんじんと広がっていく疼きは間違いなく本物だった。

「グ、グレイさ……っあ、く、ぅ……っ」

口に含んで舐めるだけではなく、歯を立てられ、転がされ、そのたびにお腹の奥がぎゅっと引きつった。

「あ、ああっ、ん、んっ」

抑えようとしても口からひっきりなしに声が漏れる。グレイシスがエルティシアの滑らかな肌を唇と舌で味わうたびに彼女の中でどんどん熱が上昇していく。彼は、もう片方の胸の先も口に含みながら呟いた。

「甘い肌だ。あなたはきっと全身が甘いのだろうな。それを何人の男が味わったのか……」

「え？」

一瞬何を言われたのか理解できなかった。だが、分かるにつれ、エルティシアの全身が赤く染まった。彼はまだエルティシアが誰かと寝たことがあると思っているのだ！

「違います、私は、誰ともこんなことをしていません！」

エルティシアは悲しくなった。だが、確かに夜、男の部屋を訪ねて裸になり、自分を抱けと迫る女性が純潔だと思えないのも無理はないと思う。でも、それでもエルティシアの言うことを信じて欲しかった。

「グレイ様に、初めての人になってもらいたくて、だから……！」

「初めて？　こんなことをされるのも初めてか？」

言いながらグレイシスはエルティシアの胸の先端に歯を立てた後、優しく舌先で舐めあげる。

エルティシアは背筋を這うざわめきに背中を反らしながら叫んだ。

「んんっ、は、初めてです。グレイ様が……！」

「では、これも？」

いつの間にかグレイシスの手が片方の胸を離れ、下に滑りおりていた。その手が向かった先はエルティシアの脚の付け根だ。

「――え？」

じわりと蜜を湛《たた》え始めた入り口を捉えると、グレイシスはそこに一本の指をぐっと差し込んだ。

「ひぅ……！　っ、あっ、くっ……！」

エルティシアは痛みと強烈な異物感に身体を硬直させた。するとますますそこの痛みと違和感が酷くなっていく。

「や、やぁ、痛い……！」

エルティシアの目に涙が浮かんだ。痛いと口にしては駄目だと思うのに、その言葉は勝手に零れていってしまう。グレイシスは指をエルティシアの胎内に差し込んだまま、少し驚いたように呟いた。

「指一本でも狭い。誰も路《みち》をつけてないということか……？」

それから彼はエルティシアを見下ろし、彼女の涙を見てふと雰囲気を和らげた。笑顔こそないが、その琥珀色の目から先ほどまであった冷たい光は消えていた。

「すみません、お嬢さん。初めてのようですね。……痛いですか？」

グレイシスは指を少しずつ抜きながら尋ねる。エルティシアはつい頷いてから、慌てて首を振った。

「い、いいえ。大丈夫です」

「そうですか。では先に進んでも大丈夫ですね」

温度が感じられない声で言った直後、グレイシスの指がずぶっと再び胎内に埋まった。

「ひっあっ……！」

エルティシアの口から悲鳴が上がった。けれどグレイシスは構わず、差し込んだ指をゆっくりと抜いては押し込める動作を繰り返す。琥珀色の目が熱を帯びてエルティシアの痛みに歪む顔を見下ろした。

「俺があなたの痛みに怯《ひる》んでやめると思いました？　残念ながら、その段階はもう過ぎています、シアお嬢さん。俺をここまで煽ったのはあなただ。その責任は取っていただかないと」

「グ、グレイ様……？」

グレイシスが目を細めて酷薄《こくはく》に笑う。

「俺を鎮めてください、シアお嬢さん。あなたの、その身体で」

エルティシアは息を呑む。その直後、再び始まった責め苦に呻き声を上げた。

「ふっ、あ、んんっ」

けれどそれは苦痛の声だけではない。グレイシスは指でエルティシアの蜜口を犯しながら、胸への愛撫を再開させていた。柔らかな肉を撫でて、揉みあげる。敏感な頂が、グレイシスの口の中へと消えた。

快感と疼きと痛みの狭間でエルティシアの感覚が翻弄される。けれど、しばらくすると、痛みが遠のいていることに気づくのだった。異物感はあるものの、感じるのは痛みではなく、むずがゆいようなじっとしていられない何か別の感覚だった。トロリと蜜が奥から溢れてくる。その蜜を潤滑油にして、グレイシスはエルティシアの胎内を拓いていく。彼女の脚の付け根からは、ぬちゃぬちゃと粘着質な水音が響いていた。

「んっ、あ、ふ、ん、あ、ぁん」

いつしかエルティシアの口から漏れる声にも苦痛はすっかり消えていた。

指が二本に増やされる。けれど、痛みはなく、最初は激しかった異物感もすぐに薄れていった。バラバラに蠢《うごめ》く指が内壁を擦り上げ、中を広げていく。その指が妙に感じてしまう場所を掠めるたびに、エルティシアはビクンと身体を反応させ、蜜を溢れさせた。下半身が甘く痺れて、エルティシアの思考を絡め取っていく。いつしかグレイシスと彼が与える快感のことだけしか考えられなくなっていた。

「辛いですか、シアお嬢さん？」

三本目の指を受け入れたエルティシアは詰めた息を吐き出した。三本はさすがに太く、入り口が引きつれるような痛みを覚えた。だが、それもすぐに快感に取って代わられる。

「大、丈夫で……あ、ああ！　んっ、はぁ、あ、グレイ様ぁ……！」

ぐじゅんぐちゅんと耳を覆うようなイヤらしい水音が寝室に響いていた。絶え間なく溢れてくる蜜は、グレイシスの指によって掻《か》きだされ、白く泡立ちながら、下肢《かし》とシーツを汚している。それを恥ずかしいと思うものの、エルティシアにはどうすることもできない。ただ高まってくる熱に悶《もだ》えるだけだった。

「シアお嬢さん。腰が、動いていますよ。……そんなに気持ちいいですか？」

いつの間にかグレイシスの指の抜き差しにあわせて腰が蠢いていた。無意識の動きだった。そのことに頭の片隅で羞恥に震えながらも、悦楽《えつらく》に思考は簡単に流されていく。

「んぁ、あ、はぁあん！　ん、きもち、いい、ああ、いいのっ」

エルティシアの口から淫らな言葉が溢れ出た。

その言葉と、腰を波立たせ指を奥へと誘う婬奔《いんぽん》な動きが、グレイシスにかろうじて残っていた最後の抑制を引きちぎった。

グレイシスは突然エルティシアの胎内から指を引き抜き、身体を起こすと、肩に引っ掛かっていたシャツとトラウザーズを脱ぎ捨てた。それからエルティシアの膝を割り開き、脚を掬い上げると、蜜を湛えたその場所に、猛《たけ》った肉茎の先端を押し当てる。

エルティシアは突然のグレイシスの行動についていけず、ぼうっとしていたが、愛液でぬめった蜜口に何か太いものが当てられて、ハッと頭を起こす。けれどその瞬間、グレイシスが動いていた。

「シアお嬢さん……シアっ……」

声と共に、グレイシスの腰が進んだ。

「ひゃう、や、あ、あ、ああっ……！」

太い先端がずぶずぶと音を立てて入り口に埋まっていく。広げられる感覚に、エルティシアの全身が総毛立つ。何とか平気だったのはそこまでだった。

「……や、いやぁぁぁ！」

すぐに激痛が襲ってきた。十分胎内を解し、蜜で濡れていても、初めて受け入れる痛みを拭い去ることはできなかったようだ。だが、その苦痛の声にもグレイシスは動きを止めなかった。痛みに震える身体を容赦なく押し広げていく。

「あ、ぐ、うっ……」

猛った楔《くさび》が隘路《あいろ》を突き進む。途中、何かがぷつんと破けたような、突き抜けていったような衝撃が胎内に走ったが、痛みの前にすべてが呑み込まれていく。

涙を流し、痛みを堪えていたエルティシアは、突き進んだグレイシスの楔が最奥《さいおう》にずんっと入り込み、動きを止めたのを感じて、震えるような息を吐いた。

臀部《でんぶ》にグレイシスの腰がピタッと触れているのを感じて、エルティシアは自分の胎内に彼の楔がすべて収まったことを知る。

ドクンドクンと自分の中に熱く脈動するものがあった。痛みに喘ぎながらもエルティシアはそれを意識する。不思議な感覚だった。大きく張り出した先端の膨らみや、筋の浮かんだ部分も、それを自分の媚肉が包み込む様も分かるのだ。

グレイシスが、エルティシアの中にいる。望みどおり、純潔を捧げることができたのだ。

――これで、私の最初の相手はグレイ様だ。あの男じゃない。大事なものを彼に渡すことができた。

それだけで、痛みも我慢できる気がした。

「っ、動くぞ」

グレイシスは歯を食いしばりながらゆっくりと動き始める。先端を残して引き抜くと、再び奥をずんと穿《うが》っていった。

「んっ、ふ、んん、っあ、ん」

エルティシアは痛みを逃がすように、グレイシスの動きに合わせて喘ぐ。最初は苦痛混じりのものだったが、再び胎内から蜜が零れてくるようになると、それは本当の喘ぎに変わっていった。

「あ、あ、あン。っぁ、あ、ん、んっ」

——ああ、何、これは？

みっちりと隘路を埋めたものに内壁を擦られると、熱と共に痺れるような感覚が広がっていく。奥をずんっと穿たれると、背筋を突き抜けていくような愉悦が身体を震わせる。

エルティシアはいつしか夢中でその動きによってもたらされる快感を貪っていた。媚肉がざわめき、彼を熱く締め付ける。奥からどっと蜜が溢れ、彼の剛直が掻きだしていった。

「シア……っ」

グレイシスの手がエルティシアの腰を掻き抱き、強く身体を押し付ける。ぐぷっぐぷっと粘着質な水音を響かせ、エルティシアとグレイシスの腰が合わさり、欲望のリズムを刻む。恥骨に敏感な部分をぐりぐりと押しつぶされたエルティシアは脳天を駆け抜けた悦楽に、嬌声《きょうせい》をあげた。

「っ、ふぁあっ！　あ、ぁあ！」

びくびくと下肢を震わせ、エルティシアの媚肉が呑み込んだ楔を熱く締め付ける。

「くっ、シア……！」

エルティシアの胎内にあるグレイシスがぐっと膨らんだ気がした。

グレイシスは突き破らんばかりに強く腰を押し付けエルティシアを穿つと、自分を解放した。

「ふ、あ、あ、ああっ、熱い……！」

エルティシアは背中と頤《おとがい》を反らし、最奥でグレイシスの白濁を受け止めた。勢いよく噴きだした彼の子種がエルティシアの胎内を満たしていく。エルティシアはじわじわと中で広がっていく熱に陶然《とうぜん》となった。

エルティシアの破瓜《はか》の血と、彼が放ったこの白濁は、グレイシスに純潔を捧げた証だ。もうこれで思い残すことはない。この先どんな結婚生活が待っていようと、この思い出だけで心を強く持っていられると思った。

……やがてすべて放出し終えたグレイシスが身体を離した後も、エルティシアの法悦《ほうえつ》は続いていた。

ところが、終わったと思ったのはエルティシアだけだった。

「まだですよ、お嬢さん。まだ全然足りないんです。これだけじゃ、この飢えは満たされない」

グレイシスはエルティシアの肩を摑み、くるっとうつぶせにして耳元で囁いた。その声はまるで本当に飢えているかのようだった。

「グ、グレイ様……？」

「逃がしません。最後まで付き合っていただきますよ」

グレイシスはエルティシアの腰を持ち上げるなり、後ろから一気に奥まで貫いた。

「あ、あああっ！」

エルティシアは背中を反らし、驚愕に目を見開きながらその衝撃を受け止めた。

彼女は知らなかったが、フェリクスがグレイシスに盛った媚薬は強力なもので、一度満足してしまえばすぐ効果が切れるようなシロモノではなかったのだ。……そして、彼の飢えを満たせる者はここには一人だけだった。

——エルティシアは結局、明け方近くまで飢えた狼に貪られることになるのだった。

＊＊＊

気絶するように眠りに落ちたエルティシアの目が覚めたのは、日もだいぶ高くなった頃だった。徐々に眠りから覚めるのではなく、無意識に異変を感じたかのように、一気に覚醒した。

パチリと目を開け、そのとたん見知らぬ風景が飛び込んできて一瞬不安になったものの、すぐに昨夜のことを思い出す。

——そうだ、私はグレイ様と……。

横を向いたが、そこにグレイシスの姿はなかった。

あちこちが軋み、悲鳴をあげる身体を何とか起こしてみると、全裸のままだった。とっさに上掛けを手に取り身体に巻きつけ、昨日、ドレスと下着を脱ぎ捨てた場所を見る。けれど、そこに彼女の服はなかった。

慌てて視線をさ迷わせたエルティシアは、ベッド脇にあるナイトテーブルにそれらが丁寧に折りたたまれて置かれていることに気づく。

……一体、誰が……？

疑問に思っていると、聞き覚えのある静かな声が耳を打った。

「起きましたか……」

声の方に振り向くと、レースのカーテン越しに柔らかな日が差し込む窓の前に、グレイシスが立っていた。

「グレイ、様……」

昨夜と同じ白いシャツと黒のトラウザーズに身を包んだ彼は感情の篭もらない目でエルティシアを見つめていた。

「ひとまず着替えるといい。俺は向こうを向いていますから」

彼はナイトテーブルに視線を向けて言うと、エルティシアの返事も聞かず、窓の方を向いてしまう。エルティシアはその後ろ姿をしばし見つめた後、のろのろと起きだして、服を身につけ始めた。

酷使《こくし》された身体は腕を上げるのさえも億劫《おっくう》だった。グレイシスを受け入れた場所は何もしなくても鈍痛を訴え、腰は重たく、身じろぎ一つしただけでも軋み、悲鳴をあげた。

けれど今はそんな自分の身体のことよりも、グレイシスの反応の方が気になって仕方なかった。

怒るのでもなく非難めいた視線を向けるわけでもない。けれど、そのことが却《かえ》ってエルティシアを不安にさせた。まだ昨夜のように怒りをぶつけられた方がマシだっただろう。

グレイシスはエルティシアを見ても無表情だった。これまでは触れることこそなかったものの、エルティシアの顔を見れば表情を緩めたり、説教をするために眉を顰めたり、何らかの反応があったのに、今のグレイシスにはそれがまったくなかった。まるで見知らぬ者を見るような目で彼女を見たのだ。

エルティシアは不安と恐れに気持ちが重く沈んでいくのを感じた。彼と向き合うのが怖かった。けれど、純潔を彼に捧げることはできたものの、ユスティス伯爵との結婚話のことはまだ彼に伝えられていないままだ。きちんと説明しなければと、その一心で勇気をかき集めて声をかける。

「グレイ様、あの、着替えました」

カーテンを開け、窓の外を眺めていたグレイシスがゆっくりとエルティシアを振り返った。その顔にはやはり表情はない。

彼は窓を離れると、エルティシアの方に足を進めて目の前に立つ。エルティシアはこの時、生まれて初めて彼を前にして恐怖を感じた。それは、暴力をふるわれるかもしれない、といった恐怖感などではない。自分が彼にとって「仲のいい妹分」ですらなくなったことを悟ったからだった。彼を失ってしまう予感にエルティシアは怯えた。

グレイシスはエルティシアを見下ろすと、小さく震える彼女に声をかける。

「身体はどうですか？　辛くはないですか？」

言葉だけなら、純潔を失ったエルティィシアを気遣っているように思えただろう。けれど、その声音にはまるで温度が感じられなかった。

「……大丈夫、です」

答えるエルティィシアの声は掠れていた。グレイシスはエルティィシアの答えを聞き、小さく頷いた後、また静かに問いかけた。

「シアお嬢さん。満足しましたか？」

「……え？」

「これがあなたの望んだことなのでしょう？」

「それ……は……」

望まなかったと言ったら嘘になる。なぜなら確かに、エルティィシアは彼に初めてを奪われることを望んでいたのだから。

グレイシスは淡々とした眼差しをエルティィシアに向けて無表情のまま続けた。

「夜中に男の部屋など訪ねてきて……そんなに性交の経験がしたかったのですか？」

エルティィシアは弾かれるように顔を上げた。グレイシスはエルティィシアが部屋に来たのは、ただ性的な経験をしたいがためだと思っている……？

「ち、違います！　経験をしたかったからではありません！」

エルティィシアは首を横に振って必死に訴えた。

「私は、私は、グレイ様に……！」

「なるほど、俺に抱かれたかったのですね」

そう告げるグレイシスの声は冷たかった。エルティシアの言葉に、まったく心を動かされた様子はない。

「あなたの純潔を奪って、その後俺がどうすると思ったのです？　責任をとって……シアお嬢さん、あなたと結婚する？　もしやそれが目的で、媚薬など使ったのですか？」

「……え？」

もしやグレイシスは、エルティシアが彼を結婚の罠にかけるために、媚薬を盛って無理やり襲わせたのだと思っているのだろうか？

「ち、違……」

思わず否定の言葉がでかかる。けれどその先は声にならず、エルティシアは目に涙を湛えて首を横に振ることしかできなかった。

すると、それを見下ろすグレイシスの顔に、この朝、顔を合わせてから初めての笑みが浮かんだ。けれど口の端を上げただけのそれはまさしく嘲笑《ちょうしょう》だった。

「媚薬を飲まされた後、この屋敷にいるはずのないあなたが部屋を訪れた。そこに関連がまったくなくて単なる偶然だとでも言うのですか？」

「それ……は……。私は……」

エルティシアの唇が震える。偶然だと言えるはずもない。確かにグレイシスに媚薬を盛ったのはエルティシアではなくフェリクスだ。だが、彼がそんなことをしたのはエルティシアの願いをかなえるため。彼女がそんなことを願わなければ、こんなことは起きなかっただろう。だから今のこの事態はすべてエルティシアのせいなのだ。

それに、先ほど「結婚するためか?」と糾弾《きゅうだん》された時、エルティシアが否定しきれなかったのは、心のどこかでそれを望む声が確かにあったからだった。

〝せめて最初だけはグレイシスに捧げたい〟そう思ったのは本当だ。けれど、身体の関係を結んでしまえば彼は自分を見捨てられず、結婚という形でエルティシアを救ってくれるのではないか。意図していなくとも心のどこかでそんな思いがあったのは否定できなかった。

「私……私……ごめ……なさい……」

エルティシアは、こうなって初めて、自分の願いがどれだけひとりよがりなもので、グレイシスの都合や気持ちを無視したものであったかに気づく。なお悪いことに、彼が媚薬を飲まされたことを利用して一方的に自分の思いを遂《と》げたのだ。

エルティシアは自分のことしか考えていなかった。そんなふうに利用されるグレイシスの気持ちなどまるで斟酌《しんしゃく》していなかったのだ。

──なんて最低な自分。彼が怒るのは当然だ。

エルティシアは俯いた。その拍子に涙が床に零れ落ちる。

「ごめんなさい……ごめんなさい……」

謝罪の言葉を繰り返すエルティシアにグレイシスはすっと目を細めて呟く。

た。

「否定はしないのですね……」

その言葉にはかすかに残念そうな響きがあったが、エルティシアが気づくことはなかった。

「ごめんなさい……」

グレイシスの口から小さなため息が漏れた。

「もういい。これ以上の謝罪は必要ありません。シアお嬢さん、あなたには……失望しました」

「……っ……！」

その言葉はエルティシアにはまるで鞭で打たれたように響いた。俯いたまま目を見開き、呆然とする。

グレイシスはエルティシアが何も言わないのを見て取ると、再びため息をつき、それから話を切り替えるかのように言った。

「媚薬のせいとはいえ、初めてのあなたをずいぶん乱暴に扱ってしまった。まだ身体はきついはずです。この部屋はあなたにお渡ししますから、しばらく休まれるといい」

エルティシアの耳には、けれどその言葉はほとんど入っていなかった。

言い終わったグレイシスは俯いたままのエルティシアに背を向けて、扉に向かう。エルティシアはその足音が遠ざかるのをただ呆然と聞いていた。

やがて扉の閉まる音が響いてしばらくの後、エルティシアはのろのろと顔をあげ、グレイシスが出て行った扉を見つめる。その目には新たな涙が浮かんでいた。

『あなたには……失望しました』

耳の奥でグレイシスの言葉が何度もこだまする。

自分はグレイシスを失望させた。……いや、見限られたのだ。あの見知らぬ他人を見るような目がそれを語っていた。

エルティシアは、胸の奥からせりあがってくる悲しみにそっと目を閉じた。頬をいく筋もの涙が零れ落ちていく。

——エルティシアは処女を失った。それと同時に彼を失ったのだ。

失ったものは元に戻ることはない。もう、取り戻せないのだ。

それでもエルティシアはグレイシスに抱かれたことは後悔していなかった。そしてそんな自分に嫌気がさす。こんなひとりよがりで、気持ちを押し付けているだけの自分はやはり彼の言うとおり子供だったのだろう。自称大人が聞いて呆れる。

「バカね……私……」

エルティシアはぽつりと呟くと涙を拭い、昨夜彼女に破瓜の痛みと悦びをもたらしたベッドを見つめた。乱れた上掛けの陰から覗くのは、シーツに散った彼女の純潔だった証だ。

エルティシアは上掛けを剝いで、そのシーツの染みをしばらくじっと見つめていたが、おもむろに引っ張ってそれをベッドから外すと、部屋に置いてあった筒状のゴミ箱につっこんだ。エルティシアには必要のないものだし、グレイシスは見たくもないだろうから。

それから彼女はよろよろとした足取りで扉に向かった。グレイシスはこの部屋で休むように言っていたが、エルティシアは一刻も早くこの屋敷から、いや、彼から逃げ出したかった。これ以上傷つかないために。

エルティシアは部屋を出ると玄関に向かって進んだ。一歩進むごとに身体は痛みに悲鳴をあげる。けれど、今のエルティシアには心の痛みの方が勝っていた。早く、一刻も早くと心は急いて、その気持ちは痛みを凌駕《りょうが》していた。

やがて屋敷の玄関に到着すると、困惑顔の執事に一瞥もくれずに屋敷を出た。執事だけでなく、廊下で何人かの使用人たちともすれ違ったが、エルティシアは彼らの視線や言葉を気にする余裕はなかった。フェリクスに何も言わずに出てきてしまったが、きっと彼らの口からエルティシアが屋敷を出たことは伝わるだろう。

エルティシアは屋敷を出るとまっすぐ厩舎《きゅうしゃ》に向かい、叔父がエルティシアに贈ってくれた馬を見つけて連れ出す。主人に会えて興奮ぎみの愛馬を宥《なだ》めながら鞍に乗ったとたん、昨夜グレイシスを受け入れた場所が悲鳴をあげた。馬が動き始めると、振動で痛みは一層酷くなった。けれど、これも愚かな自分に対する罰なのだと思った。

エルティシアは門を出ると、実家であるグリーンフィールド家の屋敷がある方角に一度は馬首をめぐらせる。しかし、ライザと共に保養地に向かうということになっていて、家には戻れないことを思い出し、逡巡《しゅんじゅん》した後、手綱を引いて方向転換させた。向けた先は王都の外に通じる道だった。

『ねえ、本当に私と一緒に保養地に行かない？』

ライザはエルティシアにフェリクスの屋敷を出た後、保養地に来るように勧めてくれていた。アリバイ工作でなく本当にしてしまうというのだ。

『私もずっと一人で伯母様の相手をするのは大変だから、シアが一緒に来てくれたら助かるわ』

それが初体験の後で動揺するであろうエルティシアに対するライザの気遣いだということは分かっていたが、エルティシアは恐縮しながらも喜んで受けた。保養地は貴族に人気の場所で、温泉や病院の他にも色々な娯楽施設がある。エルティシアも経済的な心配がなかった小さい頃、家族やジェスター叔父とも一緒に何回か行ったことがあり、楽しい思い出がある場所だった。

ライザもいることだし、きっとあそこでなら、グレイシスのことだけを考えないで済むだろう。今のエルティシアには、心の傷を癒やすのにうってつけの場所に思えた。

本来なら一度エストワール家に向かい、翌日そこから馬車で保養地に送ってもらう手はずだったが、今から馬を走らせれば、日が暮れる前に到着してライザと合流できるのではないかとエルティシアは考えたのだった。

幸い、ジェスター叔父とは馬車ではなく馬に乗って向かったこともあり、保養地への道は知っている。治安は良いし、人の往来も多い。何も問題はないように思えた。

……けれど、もしエルティシアが傷ついて動揺していなければ、決してそんな無謀なことは考えなかったに違いない。王都の近郊ではあるが、保養地へ行くには途中で山を越えなければならないのだ。人の往来はあるとはいえ、若い女性が一人で向かう場所ではなかった。だがこの時のエルティシアは一刻も早くライザに会い、心安らげる場所に辿り着きたい一心だったのだ。

――そんなエルティシアの間違った決断が、思いも寄らない運命に巻き込むことを、この時の彼女は知る由《よし》もなかった。

それは緩やかな山道に差し掛かった時だった。

山を迂回《うかい》するように作られた道は広くはないが、ところどころ馬車を止めるための待避所があり、行き交う馬車はぶつかることなくすれ違うことができる。それがあちこちにあることは、この道に頻繁に馬車が通ることを物語っている。けれど、今は馬車や馬の気配は街道のどこにもなかった。

山道は、人の往来はあるといっても常に馬車や馬が行き交っているわけではない。朝早くに王都を出発して保養地に向かう馬車も、反対に保養地から王都に戻る馬車も、荷を運ぶ荷馬車もめったに通らない空白の時間帯があり、今はちょうどその時間に当たるようだった。

だからエルティシアがその緩やかな山道に差し掛かった時は周囲には人も馬もいなかっ

た。けれどそれを不安に思うこともなく、明るい日差しが差し込む中を一人でゆっくりと進んでいく。だが、上り始めて間もなく、エルティシアはある待避所で馬を下りた。前に叔父と来た時、ここから少し林を下ったところに沢があったのを思い出し、馬に水を与えて少し休憩しようと考えたからだった。

ところが林を少し下りたところで、地面に真新しい馬車の轍《わだち》が刻まれていることに気づいた。それも一台ではなさそうだ。馬の蹄鉄《ていてつ》の跡も複数あった。

——なぜこんな場所にまで馬車が？

大型の馬車は無理だが、小型の箱馬車なら何とか通れるだろう。でも、休憩するためにわざわざこんな狭い道を通る馬車など見たことがない。山道を下りれば街道にいくらでも休憩所を兼ねた店があるのに。

不審に思い、エルティシアはこれ以上進むのを躊躇した。だが、その時女性のかすかな悲鳴のようなものが聞こえた気がした。少しだけ迷ったが、様子を見に行くことにして馬を目立たない木の陰に連れて行き、近くの枝に手綱を引っ掛ける。暴れれば簡単に外れてしまうが、よく訓練された馬は勝手に動き回ることはない。

エルティシアはここにいるようにと馬に言い聞かせると、悲鳴が聞こえてきた方向に足を進めた。車輪の跡を辿り、やがて見えてきたのは、少し開けた河原になっている場所だった。そこに、二台の小さな箱馬車が止まっていた。

一つは紋章の入った豪華な装飾が施された四つの車輪のついた馬車だ。月桂樹《げっけいじゅ》と月と剣が描かれた紋章が見える。

もう片方の馬車は紋章こそ確認はできなかったが、茶色の立派な車両がついた馬車だった。小回りが利《き》くように前輪に比べて後輪が小さくなっている。このスタイルの馬車は最近になって外国から入ってきたもので、貴族の中で流行り始めているのだという。どの家が所有しているものなのかは分からないが、持ち主が貴族であることは間違いないだろう。ただ、不気味なことに窓という窓に黒いカーテンが引かれていて、馬車の中がどうなっているのか見通すことはできなかった。

どこかに人の姿はないか、と思い、視線を巡らせたエルティシアは息を呑んだ。豪華な馬車の前に男性が仰向けになって倒れていた。胸には鋭利な剣が突き刺さり、そこから血が地面に流れ落ちている。帽子と黒っぽい制服を身に着けているところから、御者であることは明らかだった。倒れた男性の近くには、暗い色の服を着込んだ男が四人ほどいて、そのうちの一人は青いドレス姿の女性を羽交い締めにしていた。

エルティシアはとっさに木の陰に回りこんで見つからないように隠れると、そっと河原の様子を窺った。

きっとあの女性が月桂樹と月と剣の紋章がある馬車の持ち主で、倒れている男は彼女の御者に違いない。そして男たちはあの茶色の馬車の……。

「んんっ……！　ん、ん〜！」

口を塞がれた女性は必死に男から逃れようともがいていた。エルティシアはその女性の顔を見て、仰天する。見知った女性だったからだ。顔の半分は男の手に覆われているものの、あの勝ち気そうな目は間違いない。ついこの間の夜会でグレイシスに纏わりついていたカトレーヌ・マジェスタ侯爵令嬢だ。

じゃあ、あの豪華な馬車はマジェスタ侯爵家の……？

思いがけない人物を見て呆然としている間に、カトレーヌは男の手によって茶色の馬車の方に引きずられていった。

「ん、んんっ、ん――！」

彼女は自分の身体に回された手から逃れようと懸命に暴れているが、がっしりとした男の前ではまるで無力だった。

もしかして、誘拐しようとしている……？

……そのまさかだった。男がカトレーヌを引きずりながら馬車の前まで連れて行くと、仲間の一人がさっと馬車のドアを開けた。中はランプ一つ点いていないのか、真っ暗なようだった。

おそらく最初から彼女を誘拐する目的だったのだろう。あの黒いカーテンは外から馬車の中を見られないようにするのと同時に、馬車の中からも外が見られないようにするためのものなのだ。

男がカトレーヌを抱えて馬車に乗り込むと、別の一人が続いて馬車の中に入っていった。扉が閉じられていく。さらに別の男は御者席に乗り込むと手綱を引き、馬車を静かに発進させた。

エルティシアは木々の陰から一部始終を見ていた。カトレーヌを拉致した馬車が街道へと続く細い道をゆっくりと上っていくのを見送りながら、どうしようと焦りを募らせる。

お金目的の誘拐だろうか？　けれど、御者を残忍な方法で殺していることからしても、碌《ろく》な者たちではないだろう。それにあの馬車は貴族でなければ手に入れられない。よく分からないがこの誘拐には貴族が関わっているのかもしれない。

とにかく誰かに助けを求めないといけない。けれど、誰に？

その時エルティシアの頭に浮かんだのはグレイシスとフェリクスの姿だった。二人は准将という高い地位にあり、兵をある程度自由に動かせる身だ。彼らならエルティシアの話を聞いたらすぐにあの馬車の持ち主を割り出してカトレーヌを助け出せるかもしれない。

けれど、エルティシアは二人と顔を合わせることを躊躇してしまった。今朝あったこと、そしてグレイシスとのやり取りのことを考えると会いたくなかった。

だが、叔父が王都にいない今、エルティシアには他に頼れる人間を思いつかなかったし、一刻も早く知らせないとカトレーヌの命が危険であることも分かっていた。

エルティシアはしばし逡巡した後、今見たことを二人に話そうと決心して、姿を隠していた木から身を乗り出した。

ところがこの時、エルティシアは油断していた。まだ一人誘拐犯の仲間が現場に残っていたのだ。ちょうど、エルティシアが木の陰から飛び出した時、マジェスタ家の馬車を漁り、物取りの仕業に見せかけていた男がふと頭を上げて、彼女の姿を認めた。エルティシアもすぐに男の姿に気づいてハッとする。……二人の目が合った。

この時、より驚いたのは一体どちらだっただろうか？

先に驚愕から立ち直ったのは男の方だった。

「女、おまえ見たな？」

エルティシアが一部始終を目撃していたことに男は気づいた。剣を抜いてこちらに向かってくる。目撃したエルティシアを殺そうというのだろう。

エルティシアはその抜き身の刀身を見て、慌てて走り出した。

「待て！」

男が剣を手に追いかけてくる。エルティシアは馬を繋いだ場所に一刻も早く辿り着こうと懸命に足を動かした。だがすぐに自分の進むこの道が、カトレーヌを乗せた馬車が向かった先でもあると気づき、途中で道を逸れて傾斜のきつい小道へ向かった。馬車がすぐに街道へ戻らず、残っていた男を待っていた場合、最悪エルティシアは挟まれて退路を失ってしまうことになるからだ。

今の体調のまま、四人の男に追いかけられて逃げおおせる自信はない。けれど、あの男一人ならどうにか振り切ることができるかもしれない。だから高い方へと逃げた。沢に逃げたら隠れる場所はほとんどない上、少し高いところからでもエルティシアの姿が丸見えだからだ。これも叔父に教えてもらったことだった。

時々木の根に足を掬われ転びそうになりながら、エルティシアは高いところを目指す。男は追いかけてきているが、幸いもともと距離があったため、すぐ捕まる心配はない。だから上りきったら身を隠せる場所を探して、男をやり過ごすつもりだった。

身体があげる悲鳴を無視してエルティシアは上りきり、身を隠すための適当な場所を探す。けれど、片側は岩だらけ、片側は沢へと続く傾斜のキツイ崖という状況で、身を隠してしまえる場所はなかった。更に高い場所を目指すか、それとも街道へ抜ける道を探すか……。そう思いながら、後ろを振り返る。幸い、まだ男の姿は見えなかった。けれどこの時、彼女は追っ手を気にするあまり、足下の確認がおろそかになっていた。ホッとして前を向いた瞬間、地面から突き出た小石に足を取られた。

「……！」

身体が傾き、エルティシアは崖を滑り落ちていく。

だがこの時、悲鳴はおろか声一つ出さなかったのが結果的に彼女を救った。なぜなら彼女が崖を落ちてから間もなく、追ってきた男が姿を現したからだ。彼はエルティシアがもっと先を上っていったものと思い、そのまま通り過ぎていった。

崖を滑り落ちたエルティシアに気づくことなく——。

＊＊＊

一方、グレイシスはエルティシアを残し部屋を出た後、まっすぐフェリクスの部屋へ向かっていた。

エルティシアと話をした後で気づいたのだ。媚薬のことを告げた時の彼女の昨夜の反応を。それに、グレイシスに媚薬を盛る機会があったのはフェリクスだけだ。ようやくそのことに思い至った時、グレイシスには今回の出来事の裏で糸を引いている人間が誰だか分かった。

おそらくフェリクスは、エルティシアのことで動こうとしないグレイシスに業《ごう》を煮やしてこんなことを画策《かくさく》したのだろう。エルティシアはフェリクスに騙《だま》されるか丸め込まれるかしただけに違いない。

もっと早くに悟るべきだった……。それに気づかず、エルティシアを責め、酷いことを言ってしまった自覚があるグレイシスは、廊下を歩きながら顔を顰める。

やはり媚薬の影響が残っているのか、今朝の自分は冷静さを欠いて論理的な思考力が低下しているような気がする。……いや、違う。あそこまで怒りを覚えたのは媚薬のせいではない。相手がエルティシアだったからだ。

グレイシスの脳裏に十六歳になったばかりの、まだ子供っぽさが残る顔で自分を見上げるエルティシアの姿が蘇った。

あの青い瞳を覗き込んだ時、まだ子供で妹のようだと思っていた少女が花開きかけていることに気づき、そしてそんな彼女に欲情している自分に動揺したのだ。

幼い頃、その純真な心のままに彼のために泣いて怒ったエルティシア。彼の中で彼女はずっと特別な存在で、守らなければならない者だったはずなのに。その美しい存在を汚《けが》したいと思った自分を嫌悪した。まずなにより、自分から彼女を守らなければと思った。

なのに、結局自分のしたことは……。

彼の欲望を受け入れたまま、腕の中で乱れたエルティシアの姿が浮かぶ。奥を穿つたびにその濡れた唇から漏れる甘い声や、白くて柔らかな肌、温かな胎内に包まれた感覚も。

グレイシスは足を止め、自分の中で高まりそうになる熱を吐き出した。

先ほどエルティシアと話している時だってそうだった。彼女を視界にいれるだけで欲望が頭をもたげた。だからグレイシスは彼女に再び襲いかからないために己を厳しく律し、けれど結局怒りを抱くことでしか欲情を紛《まぎ》らわすことができなかった。それと同時に、自分に理性の糸を引きちぎらせたエルティシアが憎くもあった。

――けれど、グレイシスが一番怒りを覚えていたのは自分自身に対してだ。

……汚してはならないものを汚した。なお悪いことに、それだけではまだ足らず、彼女の姿を見るだけで更に汚したくなる。自分を刻み付けたくなる。

「……どうしたものか……」

グレイシスは呟いた。彼女を自分の複雑な人生に巻き込みたくなかった。彼女には安定と平穏を与え、いつも傍にいて守ってくれるような男がお似合いだ。いつ死ぬか分からない男などではなく……。

けれど、グレイシスはエルティシアを抱いてしまった。夫のために守るべき純潔を奪った。その胎内に命を育むかもしれない精を何度も注いでしまったのだ。

フェリクスの盛った媚薬がグレイシスの思っているものだとしたら、服用している時は受精を妨げる作用があったはずだ。だがあれは女性に投与することを前提とした薬で、男である自分にはどれだけ作用するのか未知数だ。もしかしたらエルティシアはすでに自分の子供を身ごもっている可能性も……。

それを抜きにしても、純潔を奪ってしまったことで、グレイシスにはエルティシアを放っておけなくなった。責は負わなければならない。

「……本当に、どうしたものか……」

グレイシスは再び呟く。

だが彼はエルティシアには悠長に考えている時間すらないことを、まだ知らなかった。


「おはよう、グレイ。君たちが来るのが遅いから先に朝食をいただいてしまったよ」

グレイシスがフェリクスの部屋に入ると、ソファに座り本を読んでいた彼に、にこやかに迎えられた。けれどグレイシスはそんな飄々《ひょうひょう》とした態度には騙されない。

「どういうつもりだ。媚薬まで盛って」

グレイシスはフェリクスの傍まで来ると、襟を摑んで立ち上がらせた。そんな乱暴な行為にもフェリクスはにこにこ笑っている。それが更にグレイシスの神経を逆なでした。

「あの媚薬は軍で証拠として押収したものだろう？　そんなものを人に飲ませて、一体お前は何を考えているんだ！」

「一回だったら問題ないことは分かってるし、可愛いシアの願いを叶えるために決まってるじゃないか」

フェリクスは悪びれもせずにそう言ってグレイシスの手を払った。

「だって、こうでもしないと誰かさんは何だかんだ理由をつけてシアの望みを断ろうとするだろう？　それじゃああまりに不憫《ふびん》じゃないか」

「シアの望み？」

「そう、グレイにせめて初めての相手になってもらいたいってさ。大胆だけど、可愛い願いだよね」

グレイシスは眉を顰めた。その願いはどこか不自然なように思えたからだ。普通は恋人になって結ばれたいとか結婚したいと望むものではないだろうか。

「お兄さん代わりとしては可愛い妹分の願いは聞いてあげたいし、それがちょうどこちらとしても都合がよかったから、協力したってわけ」

「都合？」

フェリクスの言葉に引っ掛かりを覚えて聞き返す。けれど、フェリクスはそれには答えずに、グレイシスを責めるように言った。

「そもそも、僕が媚薬を使うはめになったのは、君がぐずぐずしているからさ。生まれのことや、年の差とか、軍人の妻は大変だからとか、そんなことを理由にして逃げ続けているから。だけどね、もう時間切れだ」

それからフェリクスは不意に真顔になってグレイシスに問いかけた。

「その様子だと、なぜこんなまねをしたのか、シアから聞いてないいな？」

グレイシスは眉を寄せる。何か自分の知らない重要なことがあるのだとフェリクスの顔が告げていた。

「……どういうことだ？」

「シアには君が覚悟を決めるのを待つ余裕はない。彼女には……結婚話が出ている」

「……何、だと？」

グレイシスの鼓動が一瞬止まった。再び脈が動き出した時、彼は胸の奥底から何かがせりあがってくるのを感じた。

「相手は……誰だ？」

掠れた声で問いかける。フェリクスは動揺に揺れる琥珀色の瞳を見つめながら、その名を口にした。

「デイン・ユスティス伯爵。……最悪の事態だ」

「なっ……！」

グレイシスは目を見開いた。ここでたとえ国王の名前が出たとしても、彼はこれほど驚かなかっただろう。

「……あの、男が……シアと？」

「向こうから持ちかけてきた話だそうだ。シアには断れない」

　フェリクスはそう言って説明し始めた。エルティシアの実家の経済状況が悪化していること、資金援助と引き換えにユスティス伯爵から縁談の話があり、エルティシアの父親がそれに乗り気なこと。子供が欲しいからという理由で結婚を急がせていることなどを。

　けれどそれらの説明はグレイシスの耳を通り過ぎるだけだった。

「資金援助をちらつかせてまで結婚する理由が極めて不自然だ。種無しの男に子供などできようはずがないんだからね。だから他に何かあるんだ、シアを選んだ理由が。それはこれから探るけど、今はとにかく、婚約が正式に成立する前に何としても手を打たなければならない。……って、おい、グレイ、聞いているのか？」

「……ああ」

　そう答えつつも、グレイシスは心ここにあらずだった。自分の奥底からふつふつと湧き上がる何かに気を取られていた。

「婚約したら最後、それを盾にユスティス伯爵がシアに何をしでかすかを考えると怖気《おぞけ》が走るね。調べたら色々出てきたよ。知ってるか？　あの男の元妻の死因は自殺だ。あの男の利益に繋がる相手に身体を差し出すことを強要され、それを悲観してのことらしい」

「シアも……そういう目に遭うと？」

ぎりっと歯を食いしばりながらグレイシスは呻く。シアのあの華奢な身体が卑劣な男たちに蹂躙されるのを想像しただけでも激しい怒りが身を貫いた。いや、それだけではない、ユスティス伯爵のあの汚らわしい手に指一本でも触れられることが厭わしかった。

――彼女は自分のものだ……！

胸の奥底から湧き上がるそんな激情が、彼のためらいのすべてを焼き尽くしていった。

「そうならない保証はない。だから……」

「……ハ、ハハハハハ！」

突然、片手で顔を覆い笑い出したグレイシスにフェリクスはぎょっと目を剥いた。

「グレイ？」

心配そうなその声に、くっくっと笑いながらグレイシスが答える。

「気にするな。……自分の馬鹿さ加減に笑っているだけだ。あの子の様子がおかしいことに気づいていたのに、切羽詰まらなければあんなことをするような子じゃないと分かっていたのに。それに思い至らなかった自分と、つまらないことを気にして動かなかった自分を笑っている」

「そうか……でも、まだ遅くはないさ」

グレイシスがどうしてエルティシアの手を取れなかったか、その事情と彼の気持ちをフェリクスは誰よりもよく知っていた。だが、エルティシアへの想いがついに彼の厚い殻を打ち破ったのだ。

フェリクスはにやりと笑って発破《はっぱ》をかけるようにグレイシスの背中をバンと叩くと、彼に尋ねた。

「それで？　君はどうするんだ？　このまま彼女を行かせてあの悪党の手に委《ゆだ》ねるのか？」

「まさか」

グレイシスは顔を覆っていた手を外してフェリクスを見た。その琥珀色の目は何かを決心したように煌いている。

「誰であろうが渡しはしない。彼女は俺のものだ。どんな手を使おうと手に入れる」

「そうか」

フェリクスは破顔した。ようやく重い腰を上げる気になったらしい。

グレイシスという男はどんな時でも冷静で、寡黙だ。部下たちには堅物の見本のように思われている。もちろんそれも彼の一面には違いないが、注意深く隠している本質は、負けず嫌いの激情家だ。ただ彼の生い立ちや育ちのことがあるため、それが表に出ることがないように鉄の意志で抑えているに過ぎないのだ。

そして、今、彼はエルティシアに関しては抑えることをやめた。

――これはどうなるか見物だな。

そう思いながら、フェリクスはグレイシスに明るい声で言った。

「とにかく、君とエルティシアの間には既成事実ができた。これで、純潔を奪った責任を取るという形に持っていける。ユスティス伯爵は気にしないと言うだろうが、世間体があるからな。貴族の慣習からいって、シアの父親はグレイの申し出に折れざるを得ない」

けれどグレイシスは首を横に振った。

「いや、既成事実を理由に責任を取る形にはしない」

「なぜだ？」

「俺は純潔を奪った責任を取ってシアに結婚を申し込むわけじゃない。シアに傍にいて欲しいからだ。責任なんて言葉は使わない。使わせない」

琥珀色の目の中に炎をくすぶらせて、グレイシスはきっぱり言い切る。そこには先ほどまでの「どうしたものか」と迷っていた形跡はなかった。

フェリクスは微笑んだ。

「それを聞いたら、シアは喜ぶだろうな。さっそく彼女に話をしに……」

その先の言葉は、突然響いたノックの音にかき消された。現れたのは、綺麗に折りたたまれた白い布を抱えた執事だった。彼は「お話し中、申し訳ありません」と頭を下げた後、ためらいがちに告げた。

「エルティシア様が先ほど屋敷を出て行かれました。お引き止めしたのですが、聞こえていないご様子で……」

「何だって！」

「あの身体で？」

フェリクスとグレイシスが目を見開く。

「馬丁《ばてい》の話ですと、エルティシア様が昨晩乗ってこられた馬が見当たらない、と。おそらく乗って出て行かれたのだと思います」

それから執事は手に持っていた布をグレイシスに差し出した。

「これはつい先ほど侍女がグレイシス様のお泊まりになった部屋で見つけたものです。ゴミ箱の中に入っていたそうです」

グレイシスは手を伸ばして受け取った。けれど、彼にはその布を見た瞬間から、それが何であるか分かっていた。少し広げてみると思った通りそれはエルティシアの純潔の証を色濃く残したシーツだった。フェリクスは思いっきり顔を顰めた。

「それがゴミ箱にあったって？　グレイ、君、シアに何を言ったのさ？」

グレイシスは布を握りしめたまま目を伏せる。

「責めてしまった。……彼女が逃げたのは俺のせいだ」

低い声だった。彼は心の中で己を責めていた。悲痛な思いで純潔を捧げてくれたシアに酷いことを言ってしまった。彼女が耐えられなくて逃げてしまうのも無理はない。

フェリクスが片手を目にあてて、呆れた様子で呟いた。

「君がすんなり落ちてくれるとは思わなかったけど、シアに怒りをぶつけるとは予想外だったよ。まったく、やけになった彼女がユスティス伯爵との結婚を決めてしまったらどうするんだ」

「すぐに追いかける」

グレイシスは即答した。

「賢明だね」

フェリクスは執事に向かって指示をする。

「僕ら二人の馬を用意してくれ。あと、グレイの着替えも持ってきてくれ」

「かしこまりました」

しばらくしてグレイシスの軍服を手にした執事が現れた。その場ですぐ着替え始めたグレイシスにフェリクスは声をかける。

「とりあえず、まずはシアを追いかけて身柄を確保だな。その間に使者を出してユスティス伯爵との縁談を潰さないと」

グレイシスは軍服の上着を羽織りながら事もなげに答えた。

「潰すのは簡単だ。シアの父親に伯爵よりいい条件を示せば済む。巡回視察の旅にでている将軍に連絡を取ってくれ。彼のお墨付きが必要だ」

「ああ、あと陛下にも協力を仰ごう」

グレイシスは頷いてエルティィシアの純潔の証を克明に残すシーツを持ち上げた。

「そっちには既成事実を利用する。陛下に笑われようが、将軍に殴られようが罵倒《ばとう》されようが構わん」

それからシーツに散らばる赤いしるしに視線を向け、グレイシスは小さく笑った。

「貴族令嬢は夫となる相手に純潔を捧げるのが普通だ。シアは俺に純潔を与えた。だから俺が彼女の夫だ」


二人は馬に乗り、エルティシアの行き先について話しながら屋敷の門を出た。

「シアは実家には向かわないと思う。ライザ嬢に付き合って一週間保養地に行っていることになっているから。だからひとまずエストワール侯爵邸に向かったと思うよ」

フェリクスが言った。けれど、グレイシスはしばし考えた後、首を横に振った。

「いや、おそらく直接保養地に向かったはずだ」

その確信のこもった言葉にフェリクスは眉を上げる。

「その根拠は？」

「普段の彼女なら、確かにエストワール邸に向かって、明日馬車で保養地に向かっただろう。けれど、今は俺のせいで普通の精神状態じゃない。そしてお前も知っているだろうが、あの子はそこら辺の貴族令嬢とは違う。乗馬の腕は将軍のお墨付きだ」

「……ああ、そうだった」

エルティシアは叔父であるジェスター・グリーンフィールド将軍に乗馬術を叩き込まれて育った。剣こそ習わなかったが、乗馬の腕はその辺の貴族男性より確かで、馬車を使わなければ外出できない貴族令嬢と違い、馬を使って一人であちこち出かけてしまう。

もちろん普段は親や周りの者の言うことをよく聞く、素直で明るい令嬢なのだが、あの将軍の姪だけあって時々突拍子もないことをしでかして周囲を驚かせることもある。

そんな彼女なら一人で保養地に行くことを選択してもおかしくない。

「本当に困ったお嬢さんだ」

フェリクスの顔に苦笑が浮かぶ。すると、馬首を王都の外に向かう道に廻《めぐ》らせながら、グレイシスが素っ気なく言った。

「安心しろ。これからは俺が彼女の傍にいて、その手綱をひくから」

――二人は王都近郊にある保養地に向かって馬を走らせた。

グレイシスとフェリクスの見立てでは、エルティシアは今それほど速さが出せる体調ではないため、時間差はあるが、保養地に辿り着く前に捕まえられると踏んでいた。

やがて二人は山道に差しかかった。上り始めてすぐに一台の馬車とすれ違う。それは茶色い車体の四輪の馬車で、黒いカーテンが引かれていた。中が見えないように馬車の窓にカーテンをつけている貴族は多いので、特に不審に思うことなく待避所でその馬車をやり過ごし、彼らは再び山道を進む。

それから少し道を上った時だった。馬のいななきが聞こえ、少し先の待避所にその馬の姿が見えた。どうやらわき道から上ってきたらしい。馬は再びいななき、落ちつかなげにその場で足踏みをしている。

グレイシスとフェリクスはその馬に見覚えがあった。似ている馬も多いだろうが、鐙《あぶみ》や着けている鞍もよく見知ったものだった。二人は顔を見合わせ、待避所に急いだ。馬の近くに辿り着くなりグレイシスは自分の馬から飛び降りて、エルティシアのものと思われるその馬の手綱を手に取る。そのとたん、馬は興奮したように首を廻らせて手綱をくいくいと引いた。まるでこっちに来いと言っているかのようだった。

「シアに何かあったのか？　下か？」

グレイシスが沢へと通じる小道に向かうと、馬は素直についてくる。フェリクスも馬を下り、自分とグレイシスの馬をつれて後を追った。しばらくすると、馬は立ち止まった。彼らは知らなかったが、それはエルティシアが街道へ戻る道ではなく、途中で逸れて崖の上の方に上ることを選んだ分かれ道の場所だった。急に立ち止まった馬にグレイシスとフェリクスは軽く目を見張る。二人は下の沢に行くものと思っていたのだ。

エルティシアの馬が立ち止まってしまったため、フェリクスが下を確認しようと進み出る。だが、五歩もいかないうちに、河原に一台の馬車が停まっているのを発見した。

「あれは……？　ちょっと見てくる！」

フェリクスが河原に下りていく。しばらくして戻ってきた彼の顔には険しい表情が浮かんでいた。

「御者が死んでいる。だが、馬車の内部や周辺には主らしい人物はいなかった」

「御者が……？」

「馬車の紋章は月桂樹と月と剣――マジェスタ侯爵家の紋章だ」

「マジェスタ侯爵家……」

グレイシスは眉を顰める。それがエルティシアとどういう関係があるのだろうか？　だが嫌な予感がしてならなかった。

「グレイ……もしかして、マジェスタ侯爵家の馬車が襲われて、誰かが攫われたのでは？」

フェリクスが思案しながら言った。彼の脳裏にあるのは、貴族令嬢の連続拉致事件のことだった。

「シアはそれに巻き込まれたのかも……」

その時、エルティシアの馬がグレイシスの持つ手綱をぐいぐい引いた。馬は上へと続く道ともいえない道に彼を導こうとしている。まるで主の行方が分かっているみたいに……。

グレイシスは手綱を放して命じた。

「行け。シアのいるところへ」

馬はすぐさま山道を上り始める。グレイシスはその後をついて行った。やがて上の方まで駆け上がった馬は、ある場所でぴたりと足を止めた。そこでしきりに崖の方に向けて頭を振る。

「まさか……」

ここから落ちた……？　グレイシスはサッと青ざめ、崖を覗き込んだ。その手は自分でも信じられないほどに小さく震えていた。

そして覗いた先、急斜面になっている地面の途中に淡い水色のドレスを見つけて彼は息を呑む。

――それは彼の最愛の人、エルティシアだった。

＊＊＊

私は逃げられたのかしら？　それとも、どうせ死ぬから放っておいてもいいと思われたのかしら？

エルティシアはぼんやりと目を開け、そんなことを考える。頭はズキズキと痛み、吐き気もしていた。そのせいか、思考がどこか散漫《さんまん》で、一つのことを長く考えていられなかった。

取り留めなく色々なことを思い出してはまた別のことを考える。ただ、それがよかったのだろう、恐怖のため気を失うことなく、こうして意識を保っていられるのだから。

崖から足を滑らせた時、エルティシアはもうダメかと思った。けれど運よく途中に生えている木に引っ掛かり、下まで落ちずに済んだのだ。もし最後まで落ちていたら命はなかっただろう。何しろ下は大きな岩がゴロゴロしている岩場で、叩きつけられたらまず間違いなく死んでいたはずだ。

けれど、途中で岩か木の根か分からないが硬いものに頭をぶつけたようで、頭を動かすことができなくなった。血も出ているかもしれない。しかしこれも幸いなことに、失血で気を失わないところをみると、それほど酷い傷ではないようだった。

「運がいいのか、悪いのか……」

エルティシアは思わず呟く。あんな事件に遭遇してしまったことは間違いなく運が悪いのだろう。けれど、こうして捕まらずに命だけは助かっている。……それも時間の問題かもしれないけれど。

あれから何分。いや、何時間経ったのだろう？

すでに時間の感覚はない。けれど、空はまだ明るく、落ちてからそんなに長い時間が経っているわけではないことを示していた。

――あとどのくらい経てば誰かに気づいてもらえるのだろう？

なるべく考えないようにしていたことをつい考えてしまう。エルティシアが行方不明であることに最初に気づくのはライザだろうか。いや、フェリクスかもしれない。何も言わずに屋敷を出てきてしまった彼女を心配して、きっと居場所の確認をする。エルティシアがどこにもいないのが分かったら、きっと探してくれるだろう。

……でもそれは何時間後？　何日後？

不安が胸に差し込んできて、エルティシアは涙ぐむ。

「グレイ様……」

こんな時、どうしても思い浮かべてしまうのは、グレイシスだった。まだ小さい頃、広い叔父の屋敷を探検と称して動き回り、すぐに迷子になるエルティシアを見つけるのは、いつも彼だった。だから彼女はただその場で待っていればよかった。グレイシスが迎えに来てくれるのだから。

……でも今は、今は違う。いくら待っていても彼は迎えに来てくれない。

『あなたには……失望しました』

——だってエルティシアは彼を失ってしまったのだから。

エルティシアの目に涙が溢れて、頬を零れ落ちていった。死ぬかもしれない状況で思い出すのは、彼のことばかり。そして思い出しては、後悔する。彼に純潔を捧げたことではなくて、理由を何も告げなかったことを。喧嘩別れみたいになってしまったことを。

こんなことなら、ちゃんと言えばよかった。グレイシスはきっと最初は怒っても、最後にはどうしてエルティシアがあんな手段に出たのか理解して許してくれたに違いない。

理解してもらう努力もせずに、勝手に傷ついて逃げ出した自分は何て愚かなのだろう……。

「……グレイ様」

……会いたい。呆れられても、やっぱり傍にいたい。名前を呼んで欲しい。微笑みかけて欲しい。触れてもらえなくても、いいから……。

「——シア！」

——空耳だろうか、グレイシスの声が聞こえた気がした。

「シア、今行く！　待ってろ！」

ぼんやりした頭に遠く響いてくるのは、何だろうか？

エルティシアはズキズキと痛みを訴える頭を動かし、声のする方——遥か頭上を仰ぎ見た。そして息を呑んだ。

——これは幻覚？　夢？

グレイシスの姿があった。フェリクスもだ。

二人はロープを手にし、丈夫そうな木に括《くく》りつけて、こちらに降りてこようとしていた。

「フェリクス、俺が行く。お前はロープを引き上げてくれ」

グレイシスはそう告げると、ロープを身体に括りつけ、躊躇することなく足場の悪い崖を下り始める。

エルティシアは呆然と、自分の方に下りてくるグレイシスの姿を見つめた。

——グレイ様が、来てくれた？　怒っていたのに。失望したと言ったのに？

「グレ……」

目の前に下り立ったグレイシスはエルティシアの状態を見て取ると、彼女に覆いかぶさるようにしてそっと抱きしめた。

「意識はあるな。シア、よかった……！」

「グレイ、様……？」

まだ信じられなくて、彼の名前を呟く。グレイシスはエルティシアを抱きしめたまま、そっと頬に触れた。

「よく頑張ったな、シア。もう大丈夫だ。助けに来た」

温かい手がエルティシアの冷たくなった唇に触れる。確かな感触だった。

――ああ、夢じゃない……！

「グレイ様……！」

エルティシアは震える手を持ち上げ、グレイシスの背中に回した。

涙が溢れて後から後から流れていった。安堵からなのか、それともグレイシスが助けに来てくれたことが嬉しかったからなのか……。

その時不意に、エルティシアは誘拐されたカトレーヌのことを思い出した。自分が命の危険に晒《さら》されている時はほとんど頭に浮かばなかったのが、こうして助けがきて、頭が回り始めたのだ。

そうだ、伝えなければ……！

「グレイ様、マジェスタ侯爵の馬車が男たちに襲われたの。御者を殺して、カトレーヌ嬢を自分たちが乗って来た馬車に無理やり乗せて連れて行ってしまった。早く助け出さないと……！」

そこまで言った時、急にくらっとしてエルティシアの目の前が暗くなった。

「シア？　おい、しっかりしろ！」

グレイシスの声が遠くなっていく。エルティシアは自分が気を失いかけていることに気づいた。

だめ、せめてこれだけは伝えなくては……！

エルティシアはグレイシスに縋り、最後の力を振り絞る。

「男、四人いて、そのうちの一人が私に気づいて、追いかけてきて……。馬車に紋章はついてなくて、茶色の車体に、最新式の車輪で、後輪が小さかった。それから……黒いカーテンで窓を隠してて。……捕まえて、お願い……」

そう言ったのを最後に、エルティシアの意識は深い闇の中へ消えていった。

「シア！　目を開けろ……！」

——グレイシスの悲痛な声が、聞こえた気がした。


エルティシアは頭を打ったせいか、なかなか意識が戻らず、戻ってもすぐに意識を失ってしまう状態を繰り返した。


——そして、事故にあってから三日後。

ようやく意識を取り戻し、ぱちりと目を開けたエルティシアは、自分を取り囲む人々を不思議そうに眺めた。すぐ目の前の黒髪の男性が、ホッとしたように目を和ませる。それを見てどこかで会ったことがあるような気がしたが、誰だか分からなかった。彼だけでなく、ここにいる人間全員に見覚えがなかった。

——だが、思い出せないのはそれだけではないことにすぐに気づいた。

「シア。どうした？　気分が悪いのか？」

気遣わしげに尋ねてくる黒髪の男性に首を振った時に、自分の頭に包帯が巻かれていることに気づいて、手を当てた。

——何も覚えていなかった。何も。

彼女はそれから不安そうに顔を曇らせて言った。

「あの、何も覚えていなくて、分からないんです。……皆さんが誰なのか。名前も……、自分が、誰なのかも……」

エルティシアは目の前にいる黒髪の男性が、自分の言葉にサッと顔色を失ったのを見て取った。

「……何も？　俺のことも？」

その声に悲痛な響きを聞き取って、彼女の胸が痛くなった。頷くのは辛かったが、それが事実だった。

「すみません。覚えていないんです。私は一体……誰なんですか？」

男はその言葉に一瞬だけ顔を歪ませた。目を閉じ、ぎゅっと拳を握って何かに耐えている。けれど次に目を開いた時にはその琥珀色の目には何か強い決意の光が浮かんでいた。

彼はかすかに笑みすら浮かべて告げた。

「あなたの名前はエルティシア・ロウナー。俺の妻だ」

第四章　偽りの結婚

「本当、みつあみ男から連絡もらった時はびっくりしたわ。あなたが崖から落ちたなんて言うんだもの」

　ベッド脇の椅子に座ったライザが笑う。ヘッドボードに身を預けたエルティシアはライザの言葉を聞いて、困ったような笑みを浮かべた。

「ごめんなさい、ライザ。でも私、落ちたことを全然覚えてなくて。それどころか何も思い出せなくて……」

「あらやだ。あなたを責めているわけじゃないわ。だって頭を強く打ったことが原因だもの。それにその記憶喪失もお医者様の見立てでは一時的なものなんでしょう？」

「ええ。そのうち徐々に思い出していくだろうって、おっしゃってたわ」

「早く思い出せるといいわね」

　目を細めて微笑むライザに、エルティシアは頷いた。

エルティシアは記憶を失っていても、言葉や貴族社会のことなど、生活する上での基本的なことはぼんやりと思い出せる。不思議なことに自分と周囲に関してのみ、きれいさっぱり忘れているのだ。

ライザはエストワール侯爵家の令嬢で、エルティシアの友人だという。エルティシアが意識を取り戻した時部屋にいて、彼女の目覚めを喜んだうちの一人だ。

エルティシアはライザのこともまったく覚えていなかったのだが、彼女と話をしているうちにどんどんぎこちなさは取れ、気づくと気兼ねなく話せていた。おそらく親しい友人だったというのは本当のことだろう。

「そういえば、さっきみつあみ男から聞いたけれど、明日からロウナー准将の家に移るのですって?」

突然ライザにその話題に触れられて、エルティシアはドキリとする。

「え、ええ。私も今朝そのことを聞いたわ……」

そして聞いて以来ずっと落ち着かない気分に陥《おちい》っていた。

エルティシアが目覚めてからずっと使っているこの部屋はフェリクスの屋敷にある。崖から転落して運び込まれたのがここだったので、そのまま滞在し続けているのだ。

なぜ夫であるグレイシスの屋敷でないかといえば、彼の家は王都の郊外にあって医者が診察にくるのが大変になってしまうため、王都の中心にあるフェリクスの屋敷でしばらくの間療養させてもらっていたということだ。

そして昨日、エルティシアは診察にやってきた医者から無理をしない程度にならば動いても構わないという許可をもらうまでに回復した。それでグレイシスの屋敷に移り住むことになったのだ。

けれど、それを聞いたエルティシアは不安しか感じられなかった。グレイシスの屋敷は妻であるエルティシアの屋敷でもあるというのに、ここを離れて見知らぬところへ行くことに恐れを感じていた。

「週に一度になるみたいだけど、向こうでもちゃんとお医者様に診察してもらえるそうなの。私の世話をしてくれる人もいるから心配ないって……」

だがもちろん、そんなことを心配しているわけではなかった。

目を伏せるエルティシアに、ライザはやさしく問いかける。

「シア。あなた、怖がっているのね」

「……ええ」

エルティシアは頷き、意を決してライザに不安を打ち明けることにした。目覚めてからずっと思ってきたことだった。

「記憶がないせいか、私、グレイ様の……あの方の妻であることが信じられなくて……」

グレイシスは軍の中でも准将という高い地位にあり、先の戦争で貢献した英雄だ。国王の覚えもめでたく、フェリクスと並んで国中の女性たちの憧れなのだという。その英雄の妻の座を狙っていた貴族女性も多く、誰が彼を射止めるのかみんな注目していたのだと、医者の補佐をしている若い看護婦が話してくれた。

『それがもう結婚していただなんて！　想像していたよりずっと素敵な方ですもの。枕を涙で濡らす女性も多くいたでしょうね。愛されている奥様が羨ましいですわ。あの献身的なこといったら……！』

看護婦はエルティシアの着替えを手伝いながらうっとりとそう言ったが、彼女がそう思うのももっともだった。

引き締まった身体に端整な顔立ち。夫のグレイシスは誰が見ても――女性だけでなく男性から見ても精悍でたくましく、男らしさに溢れている。人当たりがいいとは言えないが、寡黙なところが却って実直な性格を表していた。英雄ともてはやされても驕《おご》ることなく、仕事ぶりも真面目で多くの部下に慕われているのだという。

エルティシアも目覚めてすぐにそれが分かった。彼は結婚したばかりのエルティシアが彼のことを含めたすべてを忘れてしまったのに、取り乱すことなく、何よりもまずエルティシアのことを慰めてくれたのだ。

彼はエルティシアの頬にふれ、それから手を取ってその甲に唇を押し当てた。

『あなたが無事でよかった。記憶などどうでもいい、あなたが無事で俺の傍にいてくれさえしたら、それでいい』

それは安堵と深い慈愛の込められた言葉だった。エルティシアは彼に手を取られたまま頬を染めた。何も分からず不安しか感じられなかった心に、その気持ちはとても温かく響いた。

『大丈夫だ。俺があなたを守る。それに、ここにいるのはあなたを大切に思っている者たちばかりだから安心して欲しい』

もちろん、その言葉で名前すら思い出せない状況の不安がなくなったわけではない。ただ彼の言うことなら信じていいのではないかと思えた。いや、信じたいと思ったのだ。

けれど、彼のことや自分のことを他の人から聞かされるたびに、真実とは思えなくなってくる。

エルティシアは伯爵家の令嬢なのだという。けれど、それを教えてくれたフェリクスの口ぶりから、それほど裕福な家ではないのだと察せられた。エルティシア自身、着替えを手伝ってもらうことに妙に恥ずかしさと抵抗を感じることから、服は基本的に自分で身につけていたことが窺える。要するに、それほどたくさん使用人を雇える経済状況ではなかったのだろう。

そんな、結婚しても何の得にもならないような家の娘をどうしてグレイシスのような英雄が娶る気になったのか、不思議でならなかった。

『もちろん、あなたに傍にいてもらいたかったからだ』

グレイシスは微笑んでそう答える。彼は他人に対して笑いかけることも感情を表すこともめったにないが、エルティシアにだけは表情を緩ませ、笑顔すら向けてくれる。仕事が終わると毎日フェリクスの屋敷を訪れ、彼女と過ごし、世話を焼く。そう、彼はいつも優しく愛情深い。看護婦が「愛されていて、羨ましい」と言うのも当然のことだった。

なのに、エルティシアが彼を自分の夫だとどうしても信じられないのは、自分の反応のことがあるからだった。グレイシスは彼女に頻繁に触れる。挨拶の時には頬にふれ、食事の時にはベッドから起き上がって移動する間もその手を離そうとしない。けれど、グレイシスに触れられるたびに、エルティシアはそのことに驚いている自分がいるのを自覚していた。

グレイシスに触れられるのが嫌なのではない。彼の手は優しく、触れ方も真摯で嫌悪感を抱く余地はない。むしろもっと触れて欲しいとさえ思ってしまう。なのに、どうしても「グレイシスが自分に触れている」事実にいつもびっくりするのだ。

もしかして……記憶を失う前、グレイシスは自分に触れることがなかったのだろうか？夫婦なのだからそんなことはあり得ないが、自分の無意識の反応と感覚を信じるなら、そうとしか思えなかった。

だからこそ、周囲がエルティシアはグレイシスの妻なのだと、二人は結婚しているのだと明言しても、どうしても疑いの気持ちを拭えないのだ。

「ライザ。ねぇ、教えて。私はグレイ様の妻なの？　本当に結婚しているの？」

エルティシアは尋ねて、じっとライザの反応を窺った。ライザはエルティシアの言葉を黙って聞いていたが、にっこり笑って答えた。

「そうよ。私が保証するわ。あなたがロウナー准将と結婚したのはついこの間だから、慣れていないのはそのせいよ」

「そう……」

エルティシアは目を伏せた。やはりエルティシアの気のせいなのか。けれど、心のどこかで、ライザは真実を言ってないと感じてもいた。

その直感を信じたらいいのか、ライザやグレイシスの言葉を信じたらいいのか……。何も覚えていないことがもどかしかった。何か、断片でもいいから、覚えていることはないのだろうか？

――『誓います』

その時、耳の奥にその言葉が蘇り、エルティシアは顔を上げた。

「やっぱりあの夢は……本当にあったことだったのかしら？」

エルティシアがそう呟くと、ライザは首をかしげた。

「夢？」

「意識を取り戻してすぐだったかしら。夢を見たの……結婚式らしき情景を」

それはうすぼんやりとした奇妙な夢だった。

エルティシアは小さな礼拝堂の祭壇の前でグレイに抱きかかえられていた。どうやってそこに来たのかはまったく覚えておらず、気がつくと祭壇にいた。そんな感じだ。

目の前には神父らしき人が立っていて、長い間何か口上のようなことを言っていたと思う。しばらくして声をとめたその人がグレイシスとエルティシアに向かって何かを尋ねると、グレイシスは一言、「誓います」と告げた。

エルティシアはぼんやりそれを眺めていたが、グレイシスに促されて同じような言葉を口にした。それから目の前に紙を出され、署名をして――。

『これであなたは俺のものだ』

グレイシスがエルティシアを抱きしめてそう言った言葉だけがやけに鮮明に耳に残っていた。

「これってやっぱり結婚式の光景よね？　過去にあったことが断片として出てきたのかしら？」

首をかしげるエルティシアに、ライザは困ったように笑いながら「きっとそうよ」と答えると、エルティシアの手に自分の手を重ねた。

「シア、あなたは本当にロウナー准将が大好きなのね。記憶がなくても」

その唐突な言葉にエルティシアは頬を赤く染めた。

「いえ、あの、その……」

「私はあなたがずっと彼を思っていたことを知ってるわ。だから、記憶を失ったとしてもまた彼に惹かれてもおかしくないと思ってる。ずっと『グレイ様』だけを見つめてきたあなたですもの」

それからライザは悪戯《いたずら》っぽく笑った。

「だからね、その心の思うとおりにすればいいと思うわ。あなたが感じたこと、それがあなたにとっての真実よ」

　――その意味深な言葉はライザがいなくなった後も、ずっとエルティシアの耳に残っていた。


　一方、ライザはエルティシアの部屋から出ると、廊下にフェリクスの姿を認めて顔を顰めた。彼が自分とエルティシアの会話をずっとここで聞いていたのだと悟ったからだ。

「盗み聞きが趣味だなんて、あなたのファンの女性たちが聞いたら何というかしら、グローマン准将」

「盗み聞きとは人聞き悪いな、ライザ嬢。ここにいたら偶然聞こえてしまっただけなのに」

「呆れた言い訳ですこと」

　うんざりしたような吐息を漏らした後、ライザはフェリクスに目で合図を出し、その場から離れた。エルティシアに聞こえてしまっては困ることを話すためだった。

　二人して廊下を進み、エルティシアの部屋に声が漏れる心配のない場所まで来ると、ライザは口を開いた。

「ねぇ、結婚しているだなんて偽る必要はあったの？　シアに嘘をいうのは心苦しいわ」

　フェリクスは首を横に振った。

「残念だけど、彼女の身を守るのにはこれが一番有効なんだよ。夫婦になれば妻の身を保護する権利は『夫』のグレイにある。けれど、それが未婚の娘の場合、親が身元を引き受けることになってしまう。僕にも君にもシアの身柄を保護する権利はない。だけど、今の状態で彼女を両親のもとへ帰すことがどんなに危険なことか、君には分かるだろう？」

「ええ」

ライザは口を引き結んだ。エルティシアは汚らわしい犯罪者に引き渡されてしまうことになるかもしれないのだ。それも実の両親によって。

「記憶が戻ったとしても、ユスティス伯爵が捕まらないうちは危険なままってことよね」

「そう、しばらくはグレイのところにいてもらわないと」

「……仕方ないわね」

小さなため息をつきながらライザが言うと、フェリクスはくすっと笑った。

「君を秘密の共有者として巻き込んでよかったよ。疑っているシアにグレイと結婚しているのだと君に証言してもらえたからね。あれでシアも信じる気になって、グレイの家に行くのにも抵抗がなくなるだろう」

「言っておくけど、シアは完全に信じているわけじゃないわよ」

ライザはフェリクスを睨みつけた。

「遠からず記憶も戻ってくるだろうし。時間の問題よ。だから安心して彼女が自分の家に戻れるように、さっさとあの男を捕まえてちょうだい」

フェリクスはにっこり笑った。

「了解。大丈夫、必ず捕まえるよ、ライザ嬢」

「頼むわよ」

そう言い残して玄関に向かうライザの背中を見送りながら、フェリクスは彼女に届かぬ声で呟いた。

「そう、必ず捕まえるよ。ユスティス伯爵と、その背後にいる奴も一緒にね」

＊＊＊

「ようこそシア。ここが、俺の家だ」

「まぁ、素敵な家……！」

エルティシアは、グレイシスの手を借り馬車を降りながら、感嘆の声を上げた。

グレイシスの家は王都郊外にあった。大きさはフェリクスの屋敷に比べると小さく、屋敷と言うより別棟という風情だ。建物は柵の代わりに緑の花壇に囲われ、建物の壁が薄茶色ということもあって、周囲の自然と一体になっているようだった。

王都の中心地は土地も狭いため、貴族はみな郊外に大きな屋敷を建てる傾向にある。だからグレイシスの家ももっと大きくて仰々しい屋敷を想像していたエルティシアには嬉しい誤算だった。ここなら肩の力を抜いてゆっくり休めそうだ。可愛らしいその屋敷をエルティシアは一目で気に入った。

「気に入ったようだな」

エルティシアの反応にグレイシスが微笑む。

「はい！」

エルティシアは建物に見とれたまま頷き、それからふと思い出したようにグレイシスを見た。

「あの、記憶を失う前の私は、ここにグレイ様と住んでいたのですよね？」

「……ああ」

「それなら少しは見覚えがあるかと思ったんですが……」

エルティシアは落胆した。

「ごめんなさい。全然思い出せないんです。初めて見たとしか思えなくて……」

グレイシスはそんな彼女の頭をそっと胸に抱き寄せた。

「シア。無理に思い出そうとしなくていい。俺があなたをここに連れて来たのは、思い出して欲しいからじゃなく、緑に囲まれた中でゆっくりと静養して欲しいからだ。思い出せないことなど気にせず、初めて来た気分で楽しんで欲しい」

「グレイ様……」

ああ、なんて優しくて素敵な人なのだろう。温かい言葉にエルティシアの胸が高鳴る。

勇気を出して少しだけ自分からも寄り添うと、抱き寄せる手に力が入ったような気がした。

彼を夫だとなかなか思えないけれど、これだけは確かだと思うことがある。自分はこの人が好きなのだ。ライザはエルティシアがずっとグレイシスのことを一途に慕っていたと言っていたが、それは真実だと思う。

この人と過ごした記憶がないのに、姿を見るたび、声を聞くたびに心が震え、触れられるたびに驚くくせに喜びの波が押し寄せる。自分でも不思議なくらいだった。

……一緒にいたい。こうして、ずっと。

二人はしばらく馬車を降りたところでそうして抱き合っていた。やがて顔を上げ、エルティシアを放したグレイシスは、琥珀の目に温かな光を浮かべ、彼女を見下ろした。

「さぁ、中に入ろう。皆があなたを待っている」

「はい！」

エルティシアは笑顔で頷き、二人は寄り添いながら玄関に向かった。

玄関に入ると、使用人が総出で二人を出迎えた。

「お帰りなさい、准将。奥様も」

そう言って笑みを浮かべながら声をかけてきた初老の男性にエルティシアはびっくりする。服装からして執事のようだが、言葉遣いや口調がかなりざっくばらんだったからだ。普通、使用人が主を呼ぶ時は「旦那様」か、もしくは名前に尊称をつけるかどちらかだ。間違っても役職で呼ぶことはない。けれどここの使用人はそうではないらしい。

次々と声をかけてくる彼らは、ちゃんと「旦那様」と呼ぶ者もいれば、「准将」とか

「団長」と呼ぶ者までいた。目を丸くするエルティシアにグレイシスは苦笑しながら説明する。

「彼らの大半は退役軍人なんだ。陛下にここの土地と建物を褒賞として賜って、管理運営する人間が必要だったから彼らに声をかけた。軍人あがりだから少々無作法だが、大目に見てやってくれ」

なるほどと思う。だから彼らはグレイシスを階級で呼ぶのだ。女性より男性の数が多いのも頷ける。中に松葉杖をついた者や、片目を眼帯で覆った者までいるのは先の戦いで負傷して軍人を辞めなければならない人たちを受け入れたからだろう。グレイシスは彼らのために再就職先を与えて生活できるようにしているのだ。

エルティシアの夫は軍人としてだけでなく、人間としてもすばらしい人なのだ。誇らしい気持ちでエルティシアは頷いた。

「はい。少し驚きましたけど、でも、全然気になりません」

むしろさっくばらんな彼らには親しみさえ覚えた。普通の貴族女性なら眉を顰めていたかもしれないが、エルティシアはまるで気にしなかった。それは彼女の叔父であるグリーンフィールド将軍も、退役軍人を多く雇い入れていて、幼い頃からそうした彼らと親しく接してきたからなのだが、今のエルティシアに分かろうはずがなかった。

きっと、記憶を失う前にも、グレイシスの妻として彼らと過ごしていたからに違いない。エルティシアはそう解釈《かいしゃく》して、記憶が断片でも身のうちに残っていることを喜んだ。

「至らないところもあるかと思いますが、よろしくお願いします」

エルティシアは笑顔で使用人たちに挨拶をした。見守っていたグレイシスの顔に微笑みが浮かぶ。

「あなたは記憶を失っても変わらないな」

グレイシスは「え？」と振り返ったエルティシアに首を横に振ると、その手を取った。

「いや何でもない。さぁ、これからあなたが住むことになるこの屋敷を案内しよう」

屋敷の中をあちこち案内されて、最後に行きついたのはエルティシアの部屋だった。

「ここがあなたの部屋だ」

「何だか……すごく落ち着きます」

通された部屋はこぢんまりとしているが、とても女性らしい内装と調度品に溢れていた。

それはエルティシアがフェリクスの屋敷で療養をしている間に、実家の部屋を参考にして急遽整えられたものだったが、エルティシアがそれを知るはずもなかった。

「そうか。そう思えるのなら問題ないな」

グレイシスは目を細めると、部屋の左壁を指差した。

「俺の部屋は隣だ。何かあったらすぐに呼ぶといい」

「隣……」

エルティシアは小さくつぶやいて、左壁の方に視線を向けた。

この壁一枚を挟んでグレイシスが生活するのかと思うと、妙に気恥ずかしさを感じた。

貴族の屋敷では女の家族と男の家族の部屋は棟が分かれているのが普通で、当主夫婦でもない限り隣り合わせになることはないからだ。けれど、そこまで考えた時、エルティシアは自分たちが夫婦で、隣り合わせの部屋を使うのは何も問題がないのだと思い直す。夫婦はベッドを共にするのだから、離れていると都合が悪いのは当然だ。

エルティシアは部屋の脇にあるベッドにちらっと視線を向けて思わず赤面した。

——自分たちも夫婦なのだから、ベッドを共にするのだろうか？

もちろん夫婦というからにはすでに初夜は済ませているはずで、エルティシアが今更恥ずかしがるのは変だ。けれど、記憶がない彼女にとってはグレイシスは他人も同然で、いくら好きだと自覚していても、肌を合わせることに不安とためらいが先に立つのはどうしようもなかった。

ちらちらとベッドを見、それからグレイシスを窺って顔を赤くするエルティシアの態度から、彼は彼女が何を考えているのか分かったのだろう。苦笑しながら言った。

「心配はいらない。いくら自宅に戻ってきたとはいえ、傷が癒えていないあなたにすぐに襲いかかるほど鬼畜《きちく》ではないつもりだ」

「い、いえ、そんなっ」

エルティシアは慌てた。彼を信用していないと誤解されたと思ったからだ。

「ち、違います！　心配なんてしていません。だって、グレイ様がそんなことするはずありませんもの。ただ夫婦として過ごした記憶がないので、は、初めてみたいなもので……

その……」

「俺がそんなことをするはずがない……か……」

グレイシスは一瞬だけ顔を歪ませると、エルティシアの顎に手をかけてそっと上向かせる。ますます頬を染めるエルティシアを間近で見下ろしながら彼は告げた。

「あなたは間違っている。俺だって男だ。好きな女を前にしたら我慢ができなくなる時だってある。特にあなた相手には理性が働かないことはもう経験済みだ」

「そ、それは、その、やはり私とグレイ様は、もう……？」

その言葉から、すでにエルティシアが彼と肌を合わせたことがあるのは明らかだった。

グレイシスは笑って頷く。

「ああ。あなたは俺に純潔を捧げてくれた……嬉しかったよ。ただ俺はその時、理性を失って初めてのあなたを乱暴に扱ってしまった。それだけは悔やまれる。もっと、優しく奪いたかったのに……」

エルティシアは彼の後悔を感じ取り、それを払拭したくておずおずと言った。

「……グレイ様。あの、私、その時のことは全然覚えていませんが、きっとグレイ様は優しかったと思います」

「そんなはずはない……」

「いいえ。だって、私、グレイ様にこうして触れられて嫌だと思っていません。乱暴にされて嫌だと思っていたら、その時の記憶がなくても、きっと本能的に嫌悪感を抱くと思うんです。でも今の私は全然嫌じゃない。だから私は乱暴にされたなんて思っていないんです」

「シア……」

グレイシスは掠れた声で呟くと、屈みこんでエルティシアの顔に唇を落とした。額、目、頬。そして唇に触れた後、少し顔を離して彼女の唇に囁く。エルティシアを見下ろす琥珀色の目には炎がくすぶっていた。

「あなたは……相変わらず俺をとことん煽ってくれるな。身体が本調子でないと分かっているのに、この場ですぐに襲いかかりたくなってしまう」

「そ、それは……その……」

「だが、待つ。あなたの傷が癒えるまで我慢しよう。けれど、これくらいは傷に障《さわ》らないだろうから……」

言いながら唇が再び落ちてきて、エルティシアの桜色の唇に触れた。けれど、今度のキスは先ほどの触れるだけのものではなかった。合わさった唇の隙間からするりとグレイシスの舌が滑り込んでくる。

「……んっ……」

驚いた拍子に唇を開いてしまう。その機を逃さず、グレイシスはエルティシアの咥内に舌を侵入させると、我が物顔で蹂躙した。反射的に逃げるエルティシアの舌をグレイシスの舌が捕らえて、絡ませる。ざらざらとした舌が根元の敏感なところを扱《しご》きあげると、エルティシアの背筋を震えがかけ上がった。

「……ふぁ……」

溢れてきた唾液を啜《すす》られ、彼のものが流し込まれる。ぴちゃぴちゃと合わさった口からは水音が漏れていた。

「……んっ、ふっ……」

グレイシスの舌が蠢くたびにゾクゾクと痺れが全身をめぐり、力が抜けていく。頭もぼうっとしてきて、無意識のうちに縋れるものを求めて、グレイシスの軍服の襟にしがみつく。もう自分の力では立っていられなかった。

やがてグレイシスが顔を上げた時には、エルティシアは息も絶え絶えで、目を潤ませながら浅い呼吸を何度も繰り返していた。

グレイシスはそんな彼女をベッドに導き、そっと腰を下ろさせると、再び彼女の顎を掬い上げた。エルティシアの頬は紅潮し、その青い瞳は熱っぽく潤み、唇はキスの名残で濡れている。

グレイシスは彼女の反応を余すところなく目に留めると、ふっと表情を緩ませた。

「あなたの身体が癒えたら……その時はもう遠慮はしない。覚悟しておくんだな」

めったにない艶やかな笑みとともにそう宣言され、エルティシアはくらくらとめまいがする思いがした。

やがてグレイシスが「少し休むといい」と言い残して、扉の向こうに姿を消すと、エルティシアはベッドに後ろ向きに倒れこんだ。

身体のあちこちが疼いていた。じんじんと熱を持つ唇を手で覆いながら、今しがた起こったことや言われたことを一生懸命咀嚼《そしゃく》する。

——要するに、グレイシスは身体が治ったらエルティシアを抱くと仄《ほの》めかしたのだ。

思い出すと顔から火を噴きそうになる。恥ずかしくて仕方なかった。けれど、決して嫌だからじゃない。むしろ……。

「グレイ、様……」

エルティシアはそっと夫の名前を唇に乗せる。それだけで身体の疼きがより一層強くなった気がした。

＊＊＊

グレイシスと性的な緊張は時々あるものの、療養生活は順調だった。エルティシアは緑に囲まれた彼の家で身体を癒やしていき、五日後にはもう普通に生活できるようになっていた。

家人ともすっかり仲良くなった。彼らは人懐こく、気さくで、陽気で、騒がしかった。けれどエルティシアはまるで気にならない。彼らとの会話は気兼ねなく、楽しかった。

そして彼らから話を聞くうちに、エルティシアは更にグレイシスに惹かれていった。例えばエルティシアの世話をするリーナという侍女は寡婦《かふ》だ。彼女の夫は軍人で、先の戦いで戦死してしまったのだという。夫を失ったリーナは既に両親もなく幼い子供と残されて生活が困窮していた。それを救ったのがグレイシスだった。

「旦那様がこの屋敷で雇ってくださったおかげで、私たちは路頭に迷わずに済んだのです。子供たちも一緒に住まわせてくださって……感謝してもしきれません」

彼女の幼い子供たちも使用人の一員として母親を手伝ったり、庭師の手伝いをしたり、屋敷中を駆け回っている。その様子を見るたびにエルティシアは微笑ましく思い、彼らを救ったグレイシスを誇らしく思った。

――エルティシアの夫は英雄で、このグランディアの中でもっともすばらしい男性だ。

屋敷の者たちはみんな口をそろえてそう言い、エルティシアもそれに深く同意した。

グレイシスは宣言したとおり、エルティシアに性的な意味では触れてこない。夜、お休みの挨拶をしにくる時も、礼儀正しく頬にキスするだけで自分の部屋に帰っていく。もうエルティシアを抱く気がなくなってしまったのかと思えるほど、その抑制は徹底していた。じれったくなるほどに。

けれど、エルティシアは時々自分を見つめる琥珀色の瞳に熱が宿っていることを知っていた。そしてそれを見るたびに、あの宣言なんて無視していいから触れて欲しいと思うようになっていた。

そして、彼女がグレイシスの屋敷に住み始めてちょうど一週間たった今日、往診にきた医者から問題なしと太鼓判を押された。記憶を失いはしたが、頭の傷は小さく、若いこともあって回復が早かったようだ。記憶はまだ戻っていないが、それも時間の問題だろうと医者は言った。

事実、グレイシスと話をしている時に、断片的に何か過去の情景らしきものが浮かぶことがあり、そのうち思い出せるだろうとエルティシアも楽観的に考えた。もちろん、早く過去を取り戻したいという思いはあるが、今の彼女はグレイシスとの夜のことで頭がいっぱいだった。

医者は回復したと言った。それを知ったらグレイシスはエルティシアを抱こうとするだろうか？　そう考えて、エルティシアは医者が帰った後からずっと心ここにあらずだった。

ところが夕方になってグレイシスから、今日は帰りが遅くなるから先に寝るようにと連絡が入った。何か軍の方で動きがあったようで、その準備に駆り出されているということだった。エルティシアは食堂でそれを聞いてほっとしたのが半分、残念な思いが半分の複雑な気持ちになった。

早々に自分の部屋に引き上げる。だが、眠る気にもなれずに、ナイトドレスに着替えた後、本を手に取りベッドに向かった。柔らかなランプの明かりの中、読み始めるとエルティシアは瞬く間に読書に夢中になった。つい読みふけってしまい、気がつくとかなり遅い時間になっていた。続きはまた明日読むことにしようと思い、ナイトテーブルに本を置き、ランプを消そうと手を伸ばした時だった。

扉が静かに開いて、軍服姿のグレイシスが現れた。

「まだ起きていたのか」

グレイシスはエルティシアがまだ起きているのを見て軽く目を見張った。

「はい。グレイ様は今お帰りですか？」

「ああ」

どうやら部屋に戻る途中でエルティシアの様子を見るために、着替えもせずに来たらしかった。エルティシアはベッドから起きだし、グレイシスの近くに歩み寄ると、にっこりと微笑んだ。

「お帰りなさい。お勤めお疲れ様です」

言いながら、この言葉が伝えたくて自分は眠る気になれなかったのだと悟る。

「寒いだろう。わざわざベッドから出なくてもよかったのだが……」

「いえ、きちんとお出迎えしたかったのです」

「そうか。ただいま、シア」

エルティシアの笑顔に釣られたように、グレイシスも微笑む。他人にはめったに笑顔を見せない彼が、彼女にだけは表情を緩めるその瞬間がエルティシアは好きだった。

「はい。お帰りなさい、グレイ様」

エルティシアが嬉しそうにそう返すと、グレイシスは彼女の手を取った。よくあることなので、その無骨な手をいつも通り握り返す。その直後だった。グレイシスは不意に笑みを消すと、真剣な表情で彼女を見下ろした。

「レーンに聞いた。医者が往診にきたそうだな。経過は良好と言っていたそうだが」

レーンとはこの家の執事の名前だ。エルティシアの胸がドキンと大きく鳴った。

「は、はい。もう回復して傷の方は問題ないそうです」

「そうか」

そう呟くグレイシスの声はいつもと変わらないように聞こえた。けれど、エルティシアには二人の間に流れる空気が一気に性的なものを含んだように感じられた。

「シア、あなたがこの家に来た日、俺が言ったことを覚えているか？」

「は、はい」

『あなたの身体が癒えたら……その時はもう遠慮はしない』と彼は言っていた。そして今日、エルティシアは医者から回復したと告げられた。彼は……待つのをやめたのだ。

「シア……」

グレイシスはやや掠れた声で彼女に問いかけた。

「今夜……再びあなたのすべてを俺にくれないか？」

エルティシアはグレイシスを見上げ、そのランプの火に照らされて輝く琥珀色の瞳に欲望の炎が渦巻いているのを見つめる。

それから勇気を振り絞り、こくんと頷いた。

ランプの光が照らす中、エルティシアはベッド脇に立っていた。グレイシスはエルティシアの小さく震える肩にそっと触れた後、ナイトドレスの胸元のリボンにその手を伸ばす。ナイトドレスは前と後ろのリボンを外せば簡単に脱げるつくりになっていた。用意したのは侍女のリーナだ。もしかして彼女はこうなることを想定して、このナイトドレスを選んだのだろうか？　エルティシアは顔から火がでる思いがした。

グレイシスの手が前と背中のリボンを解いていく。すると、ナイトドレスは特に手を加えなくてもスルスルとエルティシアの身体を滑り落ちて、彼女の足下に白い輪を作った。その下はドロワーズのみで、シュミーズは着けていない。そのため、エルティシアの若く張り出した胸がすぐに露わになった。

「……っ……」

エルティシアは思わず胸を手で覆う。エルティシアとグレイシスは夫婦で、ベッドを共にしたこともあるという。きっと胸をさらけ出すことなど今更なのだ。そう思いはしても、その記憶のないエルティシアにとっては初めてのことで、どうしても恥ずかしさが先に立ってしまう。

「シア。その手を外しなさい。隠すのは許さない」

グレイシスの静かな命令が空気を震わせた。エルティシアは彼の命令と羞恥との間で揺れ、少しの間悩んだ後、泣きたい思いで震える手を下ろしていく。形のよい胸がグレイシスの目の前に晒された。

見られていることを意識したためか、柔らかかった胸の先端が見る見るうちに尖っていく。恥ずかしさのあまり目を潤ませるエルティシアの額にグレイシスは慰めるように唇を押し当てた後、彼女の最後の砦であるドロワーズに手を掛けた。息を呑む彼女をよそに、腰のリボンを解くと、丸いお尻を撫で下ろしていく。瞬く間にドロワーズも彼女の足を滑り、床に落ちていった。

エルティシアは今や全裸でグレイシスの目の前に立っていた。対するグレイシスは軍服を着込んだままだ。その状況はエルティシアが彼に純潔を捧げようと部屋を訪れたあの晩とよく似ていた。けれど、大きく違うのはその関係だ。あの時自分を抱けと迫ったエルティシアは今、グレイシスに捧げられた生贄のように震えており、グレイシスは媚薬に冒されてはいないが、彼女のすべてを奪いつくす気でいる。

「……あなたはどれだけ俺があなたの全てを欲しがっているか知らない。想像もつかないでしょうね」

グレイシスはそう呟くと、エルティシアの下腹部に手を伸ばし、指で臍《へそ》のすぐ下の薄い皮膚にそっと触れた。ビクンと反応する彼女に、口の端をあげる。

「刻み込んであげます。シア。俺を。忘れても何度でもあなたに」

「ふっ……」

敏感になっているエルティシアは、指で撫で下ろされるその感触にすら声が漏れそうになり、唇を噛み締める。手を離したグレイシスはそんな彼女を見つめながら、自分の服を脱いでいった。紺の上着、白いシャツが続いて床に落とされていく。エルティシアはそれを見つめてごくりと喉を鳴らした。

上半身をむき出しにしたグレイシスの肉体は、息を呑むほど美しかった。適度に筋肉のついた身体は鍛えられた男のもので、力強さとしなやかさを兼ね備えている。思わず触れてみたくなる身体というのはこういうことを言うのだとエルティシアは思った。

グレイシスはトラウザーズは脱がずにベッドに腰掛けると、エルティシアを抱き寄せた。エルティシアは彼の脚にまたがるように促され、戸惑い顔でグレイシスを見下ろす。エルティシアの乏しい性の知識には仰向けになった女性の上に男性が覆いかぶさる、いわゆる正常位と呼ばれる体位しかなかったのだ。女性が男性の上に座るような体勢は想像もつかない。

そう告げるとグレイシスは笑った。

「男と女が愛し合う形は一つじゃない。それをあなたに教えてあげよう」

グレイシスはエルティシアの腰を摑むと、強引にベッドに引き上げ、自分の脚にまたがらせた。エルティシアはとっさにグレイシスの両肩を摑んでバランスを取る。

「こうするのはあなたを怖がらせないためだ。俺のような大柄の男がのしかかってくることに恐れを感じてしまうかもしれないから。ましてやあなたは以前愛し合った記憶を持たず、初めても同然の身だ。身長差のこともある。こっちの形の方がお互いのためだろう」

グレイシスはそこまで言うと、目の前で揺れるエルティシアの胸の先をぺろりと舐めた。

「ひゃんっ」

エルティシアの口から猫のような声が上がった。

「こっちの方がキスをしながら両手が使えて、あなたを存分に可愛がってやれるからな」

にやりと笑うグレイシスはまるで獰猛な獣のように見えた。

「あ、んっ、んっ、あ、やぁ……」

エルティシアはグレイシスの脚をまたいで膝立ちになりながら、グレイシスの手と口と舌が与える快感という責め苦に嬌声を上げていた。彼の肩を摑むエルティシアの指にぎゅっと力が入る。

「んぁ、あ、ん、んんっ、もう、許し……」

張り詰めた胸の先端を歯で甘噛みされながら、蜜口に埋められた二本の指に翻弄される。バラバラに胎内で蠢く指に弱い部分を擦られ、エルティシアはビクンと背中を反らす。膝立ちした内股がプルプルと震えた。その白い滑らかな肌は脚の付け根から滴り落ちる蜜でしとどに濡れ、シーツとグレイシスの黒いトラウザーズを汚していた。

これ以上彼の軍服を自分の蜜で濡らしたくなくて、エルティシアは崩れ落ちてしまいそうになりながらも何とか膝立ちを維持していた。ところが、もう片方の意地悪な手が背中の窪《くぼ》みを下に辿り、柔らかな双丘に辿り着くとぐいっと摑みあげる。ビクンと身体を揺らした拍子に腰を下ろしそうになって慌ててグレイシスの首に縋った。

「……あン、あ、んん。やぁ、もう……お願い……！」

何を願っているのか分からないまま懇願する。グレイシスはその目でエルティシアの痴《ち》態《たい》を余すことなく見つめながら、首を横に振った。

「まだだ。もっと解さないと後が辛い」

「やっ、もう、おかしく、なる……。グレイ、様、あ、ふ、あ、んっ」

「まだだめだ」

グレイシスはそう言って、エルティシアの胎内に差し込む指をもう一本増やした。ぐぷっと音を立てて、彼女の膣はそれを呑み込んでいく。十分に濡れているせいか、痛みはない。ただ押し広げられることで異物感は増した気がした。内壁を擦られ、じくじくした熱が腰を中心に広がっていく。中からとぷっと蜜が滴り、その蜜を攪拌《かくはん》するように指の動きが激しくなる。

エルティシアはグレイシスの首に縋りながら、彼が手を動かすたびに自分の脚の付け根から上がるくちゅくちゅという淫らな水音に死ぬほど恥ずかしさを覚える一方で、ゾクゾクするような興奮も味わっていた。

――こんなの、恥ずかしいのに。

「あっ、くぅん、んん、んっ、あ、はぁ、ん」

エルティシアは、口から奏でられる喘ぎも、指の動きに快感を覚える自分も止められなかった。

「シア、腰が動いているぞ。……やっぱり身体は覚えているんだな」

「あ、や、やぁ。違……！」

揶揄《やゆ》するような声音に思わず首を横に振る。けれど、彼の言うとおりだ。指の動きに合わせて、更に快楽を貪ろうと腰が無意識に揺れていた。何も覚えていないのに、この指戯《しぎ》の先に待っているものが欲しくてたまらなくなる。

——そう、エルティシアの身体はグレイシスを知っている。この悦びも、確かに彼に以前与えてもらったものだ。他の誰でもない、自分の反応がそれを示していた。

グレイシスは三本の指でエルティシアの胎内を弄りながら、親指の腹で秘裂の先端にある突起に触れた。

「はうっ！」

突然、脳天まで突き抜けるような快感が全身を駆け抜け、エルティシアはびくんと身体を揺らした。たちまち充血して顔を出す花芯に、グレイシスは更なる愛撫を加えていく。親指で擦り上げ、扱き、すりつぶされ、そのたびにエルティシアの口から嬌声が上がった。

「やぁ、ああっ、んんっ、く、あ、はぁ、っぁあ！」

強すぎる快感に訳が分からなくなっていく。腰は甘く痺れ、その痺れが熱を伴い指の先まで広がっていく。媚肉がざわめき、指を熱く締め付けるのが分かった。子宮が痛いくらいに疼いている。

「そ、そこは、だめっ、だめなのっ」

エルティシアはグレイシスの肩に縋りながら頭を振り乱す。ここはだめだと思った。お

かしくなってしまう……！

けれど、グレイシスは指の動きを止めることはなく、痛いくらいにしこっている胸の先端に歯を立てながら、更にエルティシアを追い込んでいく。奥から蜜が零れて、それを攪拌する淫らな音が一際大きくなる。

「シア。ここは女性の身体の中で一番敏感な部分だ。気持ちいいか？」

「ああっ、だめっ、あ、あん、ン、ン、だめなのぉ……！」

身体の中からせりあがって来る愉悦の波に怯え、エルティシアは涙を散らしながら訴える。気持ちいいのか悪いのか、もう分からなくなってきている。大きすぎる快感は苦痛と紙一重であることをエルティシアは否応なく知った。

「怯える必要はない。身体が感じるままに従えばいい。手伝ってやるから――」

「あ、ああっ！　や、来る、何か、来る……！」

グレイシスの手の動きが一層激しくなる。じゅぶじゅぶと音を立てて抜き差ししながら敏感な花芯を押しつぶされて、エルティシアは一気に白い波に押し流されていった。

――目の前が真っ白に染まる。

「あ、あ、あぁ、っあああ――！」

エルティシアはグレイシスの首に手を回したまま、背中を反らし、生まれて初めての絶頂に達した。

「ああっ、んんっ、ぁあ、はぁ、ん、くぅ」

エルティシアはグレイシスに縋ったまま、絶頂の余韻にひくひくと身体を痙攣《けいれん》させた。うつろな目を空に向け、薄く唇を開いたまま吐息を震わせる。

グレイシスはそんな彼女に熱いまなざしを送りながら、指を引き抜き、トラウザーズを脱ぎ捨てると、猛った切っ先を膝立ちしているエルティシアの蜜口に合わせる。それから両手で腰を掴んでぐっと引き寄せた。

「ひっ！」

エルティシアは目を見開き、喉の奥で悲鳴をあげる。けれどなす術もなく、先ほどまで指を受け入れていたそこに、もっと太くて硬いものを受け入れていった。

「あっ、くっ」

ずぶずぶと音を立てて、蜜を湛えた隘路をグレイシスの楔が侵入していく。けれど衝撃はあるものの、酷い痛みは感じず、受け入れるためにめいっぱい広げられた蜜口が引きつれたような痛みを訴えるだけだった。だがそれも鈍痛に変わり、すぐに消えていく。グレイシスの楔は何の障害もなくすんなりエルティシアの奥深くに収まった。

――私は、この人と……。

記憶を失った彼女にしてみたら、初めて胎内に男性器を受け入れたはずだった。けれど、身体はすでに彼によって拓かれていたことをまざまざと思い知らされることになった。

「グレイ、様……」

胎内が震え、グレイシスの猛った剛直を熱く締め付ける。グレイシスが眉を寄せ「くっ」

と呻くのを聞いたエルティシアは、得もいわれぬ悦びが胸の中で広がるのを感じた。

ああ、そうか、と思う。自分はこれを欲しがっていたのか。彼のものを胎内で感じることの瞬間を。

エルティシアはグレイシスのうなじに手を回してぎゅっと抱きついた。それが合図だったかのようにグレイシスが動き始める。下から突き上げられ、媚肉を太い部分に擦られる快感にエルティシアはたちまち夢中になった。

グレイシスの手に促されるまま、彼の動きに合わせて自分から腰をゆすると、下半身の奥から愉悦が全身に広がっていく。

「あ、あん、んっ、あン、ん、気持ち、いいっ、グレイ様ぁ」

共に身体を揺らしながらエルティシアの口から艶を含んだ甘い声が上がる。だがそれはすぐにグレイシスのキスによってかき消された。

吐息すらも貪られ、舌が絡み合う。

「んっ、ん、んぅ、んんん……」

くちゃくちゃと上の口からも蜜壷からもイヤらしい水音を立てながら、二人は欲望のリズムを刻んだ。

グレイシスが突き上げるたびに彼をくわえ込んでいる部分から背筋を震わせるような快感が広がっていく。あとからあとから溢れてくる蜜が二人の間で攪拌され、白く泡立ちながら滴り落ちていった。

やがてエルティシアの腰を掴むグレイシスの手に力が入り、打ち付ける速度が速くなった。奥の感じる場所をずんずんと抉《えぐ》られて、腰骨と背筋に喜悦が走る。下半身が熱く蕩《とろ》けていくようだった。

高まる熱に我慢できず顔を離して声を上げると、グレイシスが応えるように、強く打ち付けながら言った。

「シア、シア。あなたは、俺のものだ……！」

「あっ、んんっ。んんっ、グレイ様……ああ、グレイ様……！」

エルティシアはグレイシスの首に縋りつき、彼の名前を口にしながら再びせりあがって来る波に身を委ねた。目の前が白く弾け飛ぶ。

「んんっ、あ、あ、ぁあああああ！」

がくんと頤を反らしながら、エルティシアは再び絶頂に達した。

くわえ込んだ楔をエルティシアの媚肉が締め付ける。それに促されるように、グレイシスは強く激しく腰を打ち付けると、彼女の中に己を解き放った――。

「くっ……！」

エルティシアはグレイシスの胸に縋りつきながら、圧倒されるような悦楽の奔流に晒されて身体を震わせていた。胎内の奥に打ち付けられる熱い飛沫とその熱が中でじわじわと広がっていく感覚に更なる快感を呼び覚まされて、切なそうに喘ぐ。

「あ……っ、ん、ふ、ぅ……」

絶頂の余韻にビクンビクンと身体を揺らしながら、エルティシアは以前にもこれと同じようなことを経験した気がしていた。

やがて全身が弛緩《しかん》し、エルティシアはグレイシスの胸に身をあずけるままになっていた。もう手と足にまったく力が入らなかった。

そんな彼女の背中をグレイシスが優しく撫でる。エルティシアは気持ちよさそうに吐息を漏らすと、グレイシスの体温を感じながら目を閉じた。

――グレイ様、私の夫。

エルティシアは彼が自分の夫であることがようやく実感できた。それまでどこか信じられずにいたのだが、こうして身体を繋ぎ合わせたことで、ひしひしとそれを思い知った。エルティシアはグレイシスと愛し合ったことがある。彼女の身体は確かにそれを覚えていた。

――思い出したい。

身体で覚えていたことを、記憶として取り戻したい。エルティシアは強くそれを願った。この人と最初に出会った時のこと、結婚した時のこと、その全部を。

「シア」

エルティシアの震える背中を宥めるように撫でていたグレイシスは、突然、その手をまた彼女の腰に回した。エルティシアはハッとして顔をあげる。依然として彼女の中に突きたてたままの彼の楔が、再び嵩《かさ》を増し、力を取り戻しつつあることを感じたからだ。

「グ、グレイ、様？」

戸惑うエルティシアにグレイシスは淫靡な笑みを向けた。

「一度で終わると思ったか？　残念ながら俺はまだ満足していない。……言ったはずだ、容赦はしないと」

エルティシアは息を呑んだ。たった一度の交わりで自分はこれほど疲労困憊《ひろうこんぱい》しているのに、まだ……？

「ま、まって……」

けれど、エルティシアが言いかけたとたん、視界が回り、気づくとグレイシスにのしかかられていた。

「もう、平気だろう？　キツイだろうがついてきてくれ」

そう嘯《うそぶ》く彼にぐっと身体を押し付けられ、エルティシアは背中を反らした。彼はすっかり力を取り戻していた。膣の中をみっちり埋め尽くす肉茎に、白濁に濡れた媚肉が絡みついていく。

「んあぁ……！」

再び始まった甘い責め苦に、エルティシアは官能を煽られ、身を震わせながらグレイシスを受け入れていった。

＊＊＊

「奥様。そちらのハーブはもう十分です」

「分かったわ。次に必要なのは？」

「ローズマリーをお願いします。俺はこっちのセージを摘《つ》みますので」

「分かったわ。ローズマリーね」

　エルティシアは裏庭の一角で屋敷の料理人とハーブを摘んでいた。貴族の奥方はもちろんそんなことはしない。けれど、エルティシアは気にしなかったし、ここの使用人もそうだった。グレイシスも妻を働かせるなと怒ることはない。無理はするなと言うだけだ。使用人の手伝いが体力づくりになることが分かっているのだ。

　そして、体力をつけなければならない理由は、怪我をして身体を動かしていなかったためだけではなく、主にグレイシスにあった。あの夜に愛し合って以来、二人は毎日のようにベッドで交わっているが、いかんせん、体格にも体力にも差がありすぎている。軍隊で鍛えているグレイシスと、貴族令嬢としてごく一般的な体力しか持たないエルティシア。結果、グレイシスの責めについていけずに、午前中はベッドから起き上がれないという日々が続いた。

　グレイシスは禁欲的に見えて、実は性欲がとても強いらしい。同じベッドに入れば一回で終わることはめったにない。毎回何度も絶頂に導かれ、淫らに狂わされるエルティシアにとっては笑い事ではなかった。

早急に体力をつける必要性を感じ、庭仕事の手伝いを始めることにしたのだった。

「奥様、もうこのくらいでいいでしょう。今日は准将がせっかくのお休みの日なので、傍にいてあげてください」

料理人の男が、摘んだハーブの入った籠を手に立ち上がった。

「ええ。そうね……」

エルティシアも立ち上がり、膝の上の土を払いながら苦笑した。休日で訓練もないからこそ、傍にいるのは危険な気がしていた。いつまでも放してもらえなかった今朝のことを思い出してエルティシアは吐息をもらす。本音を言えばエルティシアだっていつもグレイシスの腕の中にいたいのだ。情熱的に求められることも本当は嬉しくてたまらない。ついこの間までグレイシスと肌を合わせることを不安がっていたのが嘘みたいに、エルティシアは彼との淫らな行為に溺《おぼ》れていた。

ハーブを摘み終えた二人は、裏庭から建物の正面に回った。ふとその時、馬車止めのところに一頭の馬が繋がれていることに気づく。すると料理人が何かに気づいたように言った。

「あれ？　グローマン准将殿の馬だ」

「フェリクス様？　今日いらっしゃる予定だったかしら？」

「さぁ、自分は聞いておりませんが……」

エルティシアは料理人と顔を見合わせた。

「とにかくご挨拶に行かなければ……」

そこまで言ってエルティシアはハッとする。今彼女は平民のような質素なワンピースを身につけていて、客の前に出られる姿ではなかった。その上、土いじりをしたせいでワンピースも少しだけ薄汚れていた。

「こんな姿で行くわけにはいかないわ。私は着替えてくるから、このハーブお願いね」

エルティシアは籠を料理人に渡すと、急いで自分の部屋に向かった。リーナを呼ぶまでもなく、簡単に一人で着られるドレスを選び身につけて行く。何とか見苦しくない程度に身支度を整えると、エルティシアはグレイシスの書斎に向かった。フェリクスが訪ねてくると、応接室ではなく大概そこに通されるからだ。

書斎の扉の前までできて、ノックをしようと手をあげた時、中から自分の名前を言うグレイシスの声が聞こえてきて、思わず止まった。

「それでは、記憶を失う前にシアが告げた馬車の線から、カトレーヌ・マジェスタのところに辿り着けたんだな」

——カトレーヌ・マジェスタ？

どこか聞き覚えのある名前に、エルティシアの頭が一瞬だけズキンと痛みを訴えた。額に手を当てて痛みをやり過ごしながら、エルティシアは中の会話に意識を集中させる。

「ああ。夕べ救出作戦が行われて、無事に助け出せたよ」

フェリクスの声が聞こえた。その声にはどこか安堵の色があった。

「ひとまずは安心といったところか。これもカトレーヌ嬢を拉致した馬車の特徴をシアが教えてくれたおかげだ」

馬車。拉致。不穏な言葉に怯む。けれど、この会話の中にこそ、エルティシアが崖を転落することになった原因があるのだと不意に気づいた。なぜか今の今まで「ライザを訪ねて保養地を訪れる途中、休憩のために道を外れたところで崖に転落した」という話を鵜呑《うの》みにしていて深く考えたことがなかったのだ。だが、よくよく考えると不自然だ。休憩をしようとしてそんな危険な場所にわざわざ行くだろうか？

……もしかして、ライザが真実を言っていないと感じたのはこのことが原因？

「グレイ、君にも感謝する。君の部隊の精鋭を貸してくれたおかげで闇のオークションに関わった人間、客の大部分が逮捕できたんだから」

「俺は何もしていない。シアが記憶を失って以来、この件についてはほとんどすべてお前に任せっきりにしていたからな」

「けど、シアをここに留めて保護するのも君の重要な仕事だろう？」

……ここに留めて、保護する……？

エルティシアの胸がドクンと嫌な音を立てた。

「で、そのシアは？　どうしてる？」

「今は、料理人のアッシュと裏の畑に行っている」

「へぇ、そのやに下がった顔をみると、うまくいってるんだな」

——一体、彼らは何の話をしているの？　なぜ私はこんなに不安なの？　どうしてこの話が自分の聞きたくない方向にいくのだと感じるの？

聞きたくないと心のどこかで何かが叫んでいた。けれど、エルティシアの足は根っこが生えたみたいにそこから動いてくれなかった。

だが、グレイシスはエルティシアの話から元の話題に戻ることにしたらしい。シアのことでからかうフェリクスに冷たい口調で言った。

「そんなことを話すためにわざわざここに来たわけじゃないだろう。とっとと報告しろ」

長年一緒にいるフェリクスはグレイシスの厳しい言葉など慣れっこらしい。ふざけた口調で「はいはい」と返答すると、話を続けた。

「話を戻すけど、シアの証言にあった特徴の馬車に僕たちは山の中ですれ違っただろう？　あの馬車が王都の方角に向かっていたことは確かだから、王都で目撃証言を探したわけだ。平行してあの馬車の所有者を調べた。あの型の車輪がついた馬車を作っている店はまだ限られているから、すぐに調べがついたよ。あの馬車の製造依頼をしたのは、成り上がりのレフィタス男爵家。だが、これは引き渡し後すぐにあの男へ賄賂《わいろ》代わりに贈られている。紋章を入れなかったのはもともとそのつもりがあったからだろう。そういうわけで今の実質的持ち主はあの男——僕らが追っているデイン・ユスティス伯爵で間違いない」

——ユスティス伯爵……！

その名前を聞いたとたん、エルティシアの頭が激しく痛んだ。思わず身体を折ってしゃがみ込みながら頭を抱える。ところがその痛みは唐突に止んだ。そして、頭から手を外し、そろそろと顔をあげた時にはエルティシアはすべてを思い出していた。

……それは唐突で、何の予兆もなかった。あえて言えば頭痛だろうか。あるべきものが元に戻った感じはするものの、雷に打たれたように記憶が蘇ってきたのでもない。思い出せる自分にふと気づいた、そんな感じだった。

そしてすべてを取り戻し、思い出したエルティシアを絶望が襲う。

──結婚などしてはいない。エルティシアとグレイシスは夫婦ではない。恋人同士でもない。ただの他人だ。

その事実がエルティシアを打ちのめした。

ユスティス伯爵との縁談のことでも、崖から落ちたことでも、拉致の現場を目撃してしまったことでもない。彼女を一番傷つけたのは、グレイシスに偽りの結婚を真実と思い込まされ、嘘をつかれたことだった。彼だけじゃない。フェリクスもこの屋敷のみんなも、そしてライザですら。みんながエルティシアを騙していた。それがエルティシアには何よりもショックだった。

エルティシアは書斎の前で座り込んだまま、うつろな視線を扉に向けた。中ではフェリクスの話がまだ続いていた。

「聞き込みの結果、カトレーヌ嬢を乗せた茶色の馬車は、ユスティス伯爵が所有する屋敷の一つに向かったのは確かなようだ。でも、それを調べてもすぐには救出に動けなかった。エルティシアの証言だけじゃ証拠としては弱い上に、彼女自身が記憶を失ってしまったからね。正直これは痛かったよ。だけど、伯爵に馬車を贈ったレフィタス男爵を別件で取り調べている間に面白い証言を得た。闇のオークションのことだ」

「お前が前に言っていたやつか」

「そう。主催者に選ばれた貴族や裕福な商人だけが参加することを許されたオークション。そこで扱っているものは主に人間。要するに人身売買だな。いままで拉致された令嬢もみなそこを経由して売られていた」

　それからも気分が悪くなるような話は続いた。フェリクスはどうやらオークションの存在だけは色々な証言で分かっていたらしい。けれど、オークションは毎回場所も開催時期もバラバラな上、参加者もその時その時で違うようで実態を把握することは難しかったようだ。

　ところがレフィタス男爵は、ユスティス伯爵に高価な賄賂を贈った見返りの一つとして、近々行われる予定のオークションに招待されていたらしい。オークションの開催場所や時間まで知らされていた。フェリクスはそれを知り、カトレーヌ・マジェスタを救い出すと同時に闇のオークションも潰そうと考えたのだ。

「で、その闇のオークションの開催日だった昨日、グレイの部隊の力を借りて潰すことができて、カトレーヌ嬢も救い出すことができたんだけど……」

フェリクスの語調が急に弱くなった。グレイシスが小さな吐息を漏らす。

「肝心のユスティス伯爵は会場には来なかったんだな」

「その通り。なかなか尻尾を摑ませないようだね。でもまぁ、オークションに関わった人間を大量に捕まえたから、彼らの証言からあの男に辿り着けるだろう。今回のオークションとシアが目撃した拉致と。それだけ集めればユスティス伯爵を追い落とすこともできるはずだ」

「一刻も早く頼む。あの男が野放しのままではシアの安全は保障されない」

もう、そこまで聞けば十分だった。エルティシアはよろよろと立ち上がると、自分の部屋に向かった。

グレイシスがエルティシアを自分の妻だと偽った理由が分かった。彼女をユスティス伯爵から守るためだったのだ。彼女はユスティス伯爵に求婚されている上に彼の悪事の一端を目撃した特殊な立場だったから。

……自分の傍に留めておくために、エルティシアを妻と偽っただけ。好きだからでもなんでもない。大事な目撃者を守るため仕方なくそうしているだけだ。彼女を抱くのは妻と偽っているから仕方なくそうしているだけ。もしかしたら、媚薬を利用して自分を抱くように強要したエルティシアに意趣返しがしたかったのかもしれない。

エルティシアはふらつきながら自分の部屋に戻ると、ベッドにそのまま入って上掛けにくるまった。リーナが様子を見に来て、ベッドにいる彼女を認め、慌ててグレイシスのもとへ向かったが、自分の中に閉じこもるエルティシアは気づかなかった。

『あなたには……失望しました』

思い出したくなかったことまでもが脳裏に蘇ってきてエルティシアを苛んだ。

きっと自分はこれを思い出したくなかったに違いない。だから頭の傷が癒えてもなかなか記憶が戻らなかった。グレイシスの妻という夢の中で、ずっとそれに浸っていたかったのだ。

でもそれももう終わり。思い出したからにはもう夢から覚めないと。いつまでもこの偽りの結婚にしがみ付いているわけには……。

そこまで考えてエルティシアはふと急に思った。なぜ、しがみ付いてはいけないの？まだエルティシアが記憶を取り戻したことは誰も知らない。このまま黙っていれば、グレイシスの妻として一緒にいられる。微笑んでもらえて、触れてもらえて、愛してもらえる。

――どうして今すぐそれを諦めなければならないの？　まだ夢を見ていられるのに。

頭の中でその「声」はどんどん大きくなっていった。

「シア。具合が悪いのか？」

不意にグレイシスの声が聞こえてきて、エルティシアはビクンと肩を竦《すく》めた。恐る恐る上掛けから顔を覗かせると、いつの間に部屋に入ってきたのか、ベッド脇に立つグレイシスが気遣わしげに見つめていた。

「リーナが、あなたがベッドに臥せていると……。どうした？　傷が痛むのか？」

グレイシスは手を伸ばすと、エルティシアの額に触れた。エルティシアはその感触にぶるっと小さく身を震わせた後、笑顔を作る。

「大丈夫です、グレイ様。日に当たりすぎたのか、少しだけめまいがしてしまって。でも、もう平気」

上半身を起こしてグレイシスを見上げる。笑顔がぎこちなくなっていませんようにと願いながら言葉を続けた。

「それよりすみません。フェリクス様がいらしていたのに、ご挨拶もできなくて……」

「……いや、それは構わない」

グレイシスはそう言って、エルティシアを抱き寄せた。エルティシアはシャツを通して感じられる彼の温かな体温と引き締まった身体を感じて、涙が溢れてくるのを感じた。

「……あなたが今にも消えてなくなりそうに見えた。何か心配ごとでも？」

エルティシアは首を横に振った。

「……違うんです。本当に、少し日に当たりすぎた、だけ、で……」

──失いたくない。せめて、あと少しだけでも……！

「シア、あなたは……」

グレイシスはエルティシアを抱きしめながら何かを言いかける。けれど、その先の言葉が続くことはなく、代わりにぎゅっと更に強く抱きしめられた。

エルティシアはグレイシスの背中に手を回してしがみ付きながら、心の中で謝罪する。

――ごめんなさい。あと少しだけ夢を見させて。

「シア」

琥珀色の目に愛しそうな光を浮かべたグレイシスが屈みこんで唇を寄せてくる。

「グレイ様……」

エルティシアはそっと目を閉じて唇を差し出した。

＊＊＊

記憶を取り戻したのを黙っていることを選んだエルティシアは、表面上では今までと変わらない生活を送っていた。

毎晩のようにベッドを共にし、激しく抱き合う。罪の意識と秘密に彩られた関係は、より一層彼女の官能を刺激し、淫らに開花させていった。この屋敷にきたばかりの頃、たった一つの愛し合う形しか知らなかった無垢な少女は、もうそこにはいない。

いるのは「夫」の求めるままに様々な形で身体を繋ぎ、高らかに嬌声を響かせる「妻」だった。

「グレイ様、来て……！」

最後の瞬間、グレイシスに全身で抱きつき、白濁を子宮で受け止めながら、エルティシアはこれが結実すればいいのに、と願わずにはいられなかった。グレイシスも同じことを思っているのか、何度かエルティシアの中に精を放った後、彼女の下腹部を優しく撫でることがよくあった。

――本当にできてしまえばいいのに。

願ってはいけないことを、許されないことを願ってしまう。

この偽りの結婚がいつか壊れることを知っているからこそ、その交わりは一層甘美になり、二人はお互いにますます溺れていった。

そんなある日、グレイシスはエルティシアを森の散策に誘った。その日、グレイシスは休日で朝から屋敷の中にいた。

「家の中ばかりだと飽きるだろう。まだあなたは敷地の外には出たことがなかったはずだ。ちょうどいい、案内しよう」

エルティシアは屋敷に来た日以来、敷地内から出てはいけないと言われていて、それを律儀に守っていた。最初は怪我のこともあったし、途中からはなぜそう言われるのか分かっていたからだ。グレイシスはユスティス伯爵のことを警戒していたのだ。

屋敷の中にいれば、退役したとはいえ戦争経験を持つ使用人たちに守ってもらえる。だから誰が潜んでいるかも分からない外へは行かないようにしていた。

「はい！」

エルティシアは二つ返事で、その誘いに飛びついた。退屈していたからではない。グレイシスと二人きりで散策できることが嬉しかったからだ。

エルティシアはリーナの手を借りてお気に入りのハイウエストのドレスに着替えると、グレイシスと並んで屋敷の裏手に広がる森に入っていった。

森の木々は青々と茂り、枝と枝の間から差し込む光が、二人の進む小道を明るく照らし出している。そんな中をエルティシアとグレイシスは手を繋いでゆっくりと歩いていった。

エルティシアはグレイシスと繋がった手を見下ろして、しっかり指が組み合わさっていることにはにかみながらも嬉しさを抑えきれなかった。十六歳の時からずっと、手が触れ合うことすら避けられ続けていたのだ。それなのに今はグレイシスから手を繋いでくれている。夫婦と偽っているからかもしれないが、それでもエルティシアは構わなかった。それどころか、もっとずっと触れていて欲しいとさえ思っていた。

「あ、あの、グレイ様、腕を組んでいいですか？」

ついエルティシアがそう尋ねると、グレイシスはあっさりと頷いた。

「ああ、構わない」

そう言って差し出される肘《ひじ》に、エルティシアは自分の腕を絡める。これも記憶を失う前は決して許可されなかったことだ。きっとエルティシアが記憶を取り戻したことを知れば、すぐに振りほどかれてしまうのだろう。

思わずエルティシアはグレイシスの腕にぎゅっとしがみついた。

彼女は知らなかったが、それはちょうどグレイシスの腕に胸を押し付ける形になってい
た。なお悪いことに、ハイウエストのドレスは胸元が大きく開いたもので、ほぼ真上から
見下ろすグレイシスにはドレスに隠された谷間の部分もはっきり見えていた。その状態で
柔らかな胸を押し付けられたのだ。グレイシスが欲望を刺激されても無理はなかった。

「相変わらずあなたは無自覚に俺を煽ってくれる……」

グレイシスは苦笑した。

「え？」

きょとんと見上げるエルティシアは自分の状況をまったく分かっていない。グレイシス
の欲望を煽っているなどまったく思い至らないようだった。

グレイシスはふっと笑いながらひとりごちる。

「そんないけない子は狼に食べられてしまうんですよ、シアお嬢さん」

その声は小さく、エルティシアの耳に入ることはなかった。

――やがて二人は近くに小川が流れる、少し開けた場所に出た。

「ここで少し休憩にしようか」

「はい」

水があるせいか、あちこちで鳥の羽ばたく音や鳴き声が聞こえてきていた。

二人は小川の傍まで来ると、透明な流れを覗き込んだ。緩やかに流れる川はまっすぐ森

の向こうまで続いているようだった。

「冷たくて気持ちよさそう……」

エルティシアは更に身を乗り出して川を覗き込んだ。すると、グレイシスは彼女の髪をひと房掬い上げて、毛先のくるくるとカールした部分に唇を押し当てた。

突然のグレイシスの行為にエルティシアは驚く。けれどその次の彼の言葉に更に仰天することとなった。

「シア。ここであなたを抱きたい」

「え!?　抱くって……」

聞き間違いかと思った。けれど、髪の毛を弄びながらエルティシアを窺うグレイシスの目には欲望の光が瞬いていて、彼が本気であることを示していた。抱きしめるとか言葉どおりのことを言っているわけではない。グレイシスはエルティシアとここで交わるつもりでいるのだ！

「で、でも、ここ、外です……！」

困惑してエルティシアは叫んだ。

「ここは私有地だ。誰も来ない。どれだけ声を上げても大丈夫だ」

グレイシスはエルティシアの腰を摑むと、川岸の斜めに生えた木の幹にマントをかけて彼女の身体を押し付けた。

「だ、大丈夫って……」

エルティシアは絶句する。グレイシスは本気で言っているのだろうか？　誰も来ないと言っても、ここは寝室などではなくて、外なのに。

「外だし、まだ、昼間、なのに！」

のしかかって来るグレイシスの身体を押しのけようと手を突っ張りながらエルティシアは訴える。けれどその彼女の意見を彼は一蹴した。

「昼間がだめだなどと誰が決めた？　それに昼間抱き合ったことがないわけでもあるまい」

「そ、それは……」

エルティシアの頬が真っ赤に染まった。少し前に、まだ明るい時間帯にグレイシスが屋敷に戻ってきたことがあった。その時も「まだ明るいから」というエルティシアの言葉を退けてグレイシスはベッドで彼女を後ろから激しく貫いたのだ。エルティシアも、自分の抑え切れない反応や溢れ零れる蜜、痴態すべてを白日の下に晒されてしまうという異常性に感じてしまい、いつも以上に乱れてしまった。

「あの時と同じように、きっとあなたは途中で気にならなくなるだろう。ここが真っ昼間の野外だということを」

グレイシスは彼女の耳朶に歯を立て、むき出しになった首筋に舌を這わせながら呟いた。

エルティシアはビクンビクンと身を震わせながら訴える。

「……っ、も、戻りましょう、グレイ様。そして寝室に……」

「待てない」

グレイシスはそう言うと、エルティシアのドレスの胸元に手をかけて内側の下着ごとぐいっと下に下ろした。エルティシアの白くて丸い二つの膨らみが戒めを解かれてまろび出る。そのうちの片方の胸を掬い上げるように摑んだグレイシスの手の中で、外気に触れた先端の突起が尖っていくのが分かった。

エルティシアは外で胸を晒している自分にめまいすら感じて、目を潤ませながら泣き言を言った。

「なんで？　どうして突然に？」

エルティシアにしてみれば、腕を組んで普通に森を歩いていただけなのだ。それなのに、どうしてこんな場所で欲情されているのだろう？　まったく訳が分からなかった。

グレイシスはふと顔をあげて、エルティシアを真剣な眼差しで見下ろした。

「すまない、そんなに前のことじゃないが、媚薬を盛られたことがあったのが原因だ」

「媚薬……」

エルティシアの顔色がさっと変わった。

「闇のオークションで女性を調教するのに使われている、強力な媚薬だ。薬は何とか抜けたと思ったんだが、どうも副作用があって、あれ以来時々こんなふうに突然強い欲望に襲われる時がある」

「なんてこと……」

エルティシアの顔が歪んだ。あの時の媚薬が原因だなんて……！　だとすれば、すべてはエルティシアの責任だ。

確かに直接エルティシアが彼に媚薬を盛ったわけではない。でもフェリクスがそんなことをしたのは彼女のためだった。

グレイシスの身体を押し戻そうとしていたエルティシアの手が力を失って落ちた。

――もしこの私の身体が役に立つのであれば……。

「この媚薬を抜くのには誰かの中で果てるしかない。すまない、シア」

「……あっ、ん、っん、グレイ様ぁ……」

両方の胸を揉みしだかれながら、エルティシアはグレイシスの言葉どおりここが外であることがだんだん気にならなくなっていく。それどころか、外で胸を愛撫されて、いつもより感じている自分がいて、羞恥に頬を染める。

つい一か月前までは生娘で、閨のことにそれほど興味も湧かなかったというのに。今はどうだろうか。グレイシスに誘われれば、どんな時、どんな場所でも応じる淫らな女になってしまった。

「尖ってきたな」

「んっ……」

胸の先端をピンッと爪弾《つまび》かれてエルティシアは鼻にかかったような悩ましげな声を漏らす。大きな手が乳房を覆い、手の平で張り詰めた先端を転がしながら、胸全体を刺激していた。一番初め、フェリクスの屋敷で彼に抱かれた時とは違って、優しく繊細な愛撫だ。

「ふぁ……」

じわじわとした心地よい快感が広がっていく。

グレイシスはエルティシアの鎖骨に舌を這わせながらどんどん下に下りてきて、とうとう胸の膨らみまで達する。すると彼はたぷんとした胸を掬いあげながら、上の膨らみの部分にキスをし、強く吸い上げたのだった。ちくりとした痛みが肌をさす。

「……っ、グレイ様、そこはだめっ」

グレイシスが何をしているのか悟ったエルティシアは、彼の頭を押し戻そうとする。ようやく、唇が離れると、赤く色づきはじめた肌を見おろして唇を尖らせた。

「だめだって言ったのに。ドレスから見えてしまうかもしれないじゃないですか」

彼がつけていたのはキスマークだ。エルティシアの肌の色は白く、強く吸い付けば簡単に赤色に染まってしまうのだ。それをグレイシスは面白がって、しょっちゅうつけるため、エルティシアのドレスから見えない肌にはあちこちに彼の所有印が刻まれていた。だが、胸は困るのだ。なぜなら今のドレスはハイウエストで襟ぐりの深いデザインが一般的だからだ。

「ここならギリギリ見えないで済むはずだ」

グレイシスは赤く色づいた印に舌を這わせながら、悪びれずに言う。エルティシアの肌を味わっていた舌が、今度は胸の先端を捉えた。尖った部分を舐めあげて、キツく吸い上げる。

「んっ、あ……」

胸の先端からじわじわと全身に広がる快感に、エルティシアは両脚をもぞっと擦り合わせた。奥から蜜が溢れ始めていてドロワーズを濡らしていたからだ。目ざとくそれに気づいたグレイシスが、エルティシアのスカートの裾を持ち上げてにやりと笑った。

「シア、自分でこれを持ち上げなさい。落としてはだめだ」

「え？　そ、それは……」

「シア」

エルティシアは唇を噛みながらその甘い命令に従う。ドレスのスカートの裾を両手でつまみあげ、頬を染めながら下半身を露出する。

グレイシスは「いい子だ」と褒めるとエルティシアの前に跪いて、ドロワーズのリボンを解き始めた。あっという間にドロワーズは足を滑り落ちていってしまう。そうしてむき出しになった蜜を湛えたその場所にグレイシスは顔を埋めた。

「ひゃあっ、あ、あ、あんっ、んんっ！」

静かな森にエルティシアの嬌声が響き渡る。蜜に濡れそぼった秘裂を長い舌が這い、ぴちゃぴちゃと水を舐めるようなくぐもった音がエルティシアの耳を犯す。這い上がってくる快感に、内股がぶるぶると震えた。

視線を落とすと、開いた自分の脚の間に黒い髪が埋まっている姿が飛び込んでくる。その刺激的な光景に、奥からまたどっと蜜が零れ落ち、まさにグレイシスの舌が埋まっているところに染み出してくる。それをじゅるりと音を立てて吸われて、羞恥と悦楽の狭間でエルティシアの全身が赤く染まった。

「だめぇ、私、あ、あ、あっ」

グレイシスは顔を上げて、意地悪く笑った。

「何がだめだ？　ああ、ここにも欲しいんだな？」

そう言ってグレイシスの舌先が舐めあげたのは、もっとも敏感な花芯だった。

「ああっ、ああっ、んぁっ……！」

脳天を突き抜けるような強烈な快感に甘い悲鳴があがった。剝かれて充血したそこに舌が絡みつき、グレイシスの唇が埋まる。舌で扱かれ、それから唇で吸われて、エルティシアは荒れ狂う悦楽の波に翻弄された。

「あ、あ、だめぇ！　私、おかしくなるっ、おかしくなっちゃう……！」

金色の髪を振り乱し、エルティシアはグレイシスに訴える。それでもスカートの裾をつまむ手は離さない。彼の淫らな言いつけを忠実に守ろうとするその姿に、グレイシスの顔に愉悦の笑みが浮かんだ。

「シア。おかしくなればいい。もっとおかしくなっていい。手伝ってあげるから、イケ」

グレイシスはそう呟くとエルティシアの花芯を唇で吸い上げながら軽く歯を立てた。エルティシアの体がビクンと跳ね上がる。その直後、森に甲高い悲鳴が響き渡った。

「あっあぁ、ああっ、ああ――――！」

やがて、はぁはぁと浅く息を吐きながらエルティシアはぐったりと木にもたれかかった。グレイシスは立ち上がり、ふと何かに気づいたように眉を顰めると、何かから隠すようにエルティシアを抱きしめた。汗ばむ額にキスをした後、トラウザーズの前をくつろがせて、猛った切っ先をエルティシアのぐずぐずに蕩けた蜜壷に宛てがう。

「シア。手を離してもいいぞ」

絶頂に震えながらその命令に従い手を離したエルティシアのスカートがふわっと下に落ちたと同時にグレイシスは腰を進めた。

「あぁぁん！」

エルティシアの桜色の唇から再び嬌声が上がった。

奥まで一気に貫いた楔がぐぶっぐぶっとくぐもった音を立てながら、エルティシアの蜜壷を犯していく。脚に力が入らなくて木から滑り落ちそうになったところを突き上げられて、目の前に火花が散った。腰がぶつかって、奥まで太い部分で擦り上げられたエルティシアは声を上げる。

「あ、やぁ、だめっ、深い……！」

最奥を抉るグレイシスの楔が、腰が蕩けるような愉悦を送り込んでくる。ひっきりなしにエルティシアの唇から甘い呻きがもれる。

抽挿に合わせてピンクの先端が淫らに揺れた。

エルティシアは悦楽に酔う一方で、自分はなんて姿を晒しているのかと思う。木の幹に寄りかかり胸を外気に晒しながら、ドレスのスカートを捲り上げられ、服を着たままのグレイシスを受け入れている。グレイシスに突き上げられるたびにスカートの中に隠された結合部分がぐじゅぐじゅと激しい水音を立てた。張り詰めた胸がふるふると揺れ、男の目を楽しませる。

「あっ、んっ、あ、あ、グレイ、様、きて……！」

エルティシアは手を伸ばしてグレイシスの肩にすがった。これまでの経験で、グレイシスの限界も近いと分かっていた。

「……っく、シア……！」

ずんずんと更に奥深くに打ち付けられ、エルティシアの目の前がパチパチと弾けた気がした。エルティシアは自分が再び絶頂に達する予感にぶるっと震えた。それと連動するようにエルティシアの胎内が妖しく蠢き、グレイシスの猛った肉茎を締め付ける。

「……っ」

きつく抱きしめられた。そのせいで、むき出しになった胸の先がグレイシスのシャツに擦られて得もいわれぬ快感を生み出す。一方でグレイシスの打ち付ける腰の動きは激しくなっていった。

「あ、ン、ん、んっ、ぁ、あ、ああっ、ああっ、奥、激し……」

奥の感じる部分を小突かれ、頤が反らされる。無防備になった喉に、グレイシスの口が

食らいついた。

……もう、だめ……！

エルティシアの目の前が真っ白に染まった。

「あ、あ、あああ、あ、あぁぁ！」

甘い悲鳴をあげながら、再びエルティシアは絶頂に達した。

「はっ、くっ、シア……！」

蠕動《ぜんどう》する媚肉がグレイシスの猛った楔に絡みつき、扱きあげ、射精を促す。グレイシスは歯を食いしばって、エルティシアの奥深くを強く素早く抉っていく。

エルティシアは胎内を埋め尽くすグレイシスが一層大きくなったのを感じた。

「っく、出す、ぞ」

ずんっと、ひときわ激しく打ち込まれ、エルティシアはのけぞった。下がってきた子宮の入り口にグレイシスの先端が当たっているのを感じ、ここが外だというのも忘れて叫ぶ。

「グレイ様。来て……。私、で気持ちよくなって。全部、受け止める、から……！」

「……シアっ……」

ドクン、と大きくグレイシスの怒張が脈打った。次の瞬間、エルティシアの胎内に熱い奔流が注がれた。

「あ、ん、んんんっ」

下腹部に広がる熱に、エルティシアはグレイシスの肩に縋ったままぶるぶると震えた。

愛する男の子種を受け入れた子宮が嬉しそうに白濁を飲み込んでいく。

「んっ、あ、あ……」

眉間に皺をよせ、喉を震わせながら、エルティシアは長く続く絶頂の波に身を委ねていた。

やがて、グレイシスが身体を起こした。エルティシアから手を離し、素早く身を整えながら、木にもたれて浅い呼吸を繰り返すエルティシアを見下ろす。知らず知らず彼の口元には愉悦の笑みが浮かんでいた。

絶頂覚めやらぬエルティシアには自分が今どんなに淫らな姿を晒しているか分かっていない。呼吸するたびにむき出しになった柔らかな胸は上下し、突き出したその先端が扇情的に揺れている。捲り上げたドレスのスカートから見え隠れするのは、たった今グレイシスが吐き出した白濁が脚を伝い零れている様だった。

その美しくも淫猥な姿に、吐き出したばかりのグレイシスの欲望が頭をもたげる。それを振り切るように、彼はエルティシアのドレスの胸元を引き上げ、スカートを引き下ろし、彼女の足下に落ちていたドロワーズを拾いあげる。それからエルティシアに声をかけた。

「シア。大丈夫か？」

「……はい」

エルティシアはぼうっと頷くと、もたれていた木から身を離す。けれど、すぐによろめいてしまう。

グレイシスはエルティシアを抱きとめ、腰に手を回しながらからかうような口調で言った。

「大丈夫じゃないみたいだな」

「グレイ様の……せいです」

エルティシアは呟き、恨めしそうにグレイシスを睨みつけた。せっかく二人きりの散歩だったのに、結局寝室で行うべき行為を彼に許してしまったのだ。

「し、下着も、着られないじゃないですか」

彼の手からドロワーズを奪いながら口を尖らせる。今もなお、秘部からとろとろとグレイシスの放った白濁とエルティシア自身の蜜が零れていた。これでは汚すために下着を身につけるようなものだ。

「下着など必要ないさ」

グレイシスは笑うと、エルティシアをさっと抱き上げた。

「え？　グ、グレイ様？」

エルティシアを抱えたまま来た道をスタスタと戻っていくグレイシスに、彼女は戸惑ったような声を上げた。そんな彼女を見下ろしてグレイシスは笑う。その笑みに渇望を感じたエルティシアはごくっと喉を鳴らした。彼が下着は必要ないと言った意味が分かったからだ。

「屋敷に戻る。残念ながら散歩は中止だ。今は散歩よりもやりたいことがあるからな」

おそらく寝室にまっすぐ向かうのだろう。彼の言うように媚薬の影響なのかは分からないが、愛し合えば一度で終わることが少ないグレイシスが、これで満足できるはずがないのだから。

その欲望に煽られて、エルティシアも再び身のうちに官能の火が灯るのを感じた。

グレイシスは、頬を染めて口をつぐんだ彼女にもう一度小さな笑みを向けると、来た時よりも速い足取りで家路についた。

——そんな二人の後ろ姿を見つめる目が二組あった。

そのうちの一人はライザだ。エルティシアを訪ねてきた彼女は、ちょうど森に入っていく二人を見かけて追いかけてきた。しかし、そこで身体を重ねる二人を目撃してしまい、呆然としていたのだった。

ライザは見たものが信じられなかった。だが、耳に残るエルティシアの嬌声や、艶めかしく響き渡っていた交わりの音が、それが夢ではないことをライザに知らしめる。グレイシスの身体で遮られてよく見えなかったが、彼女は二人の間に起こっていたことを正確に見抜いていた。

「信じられない……！　何をやっているの、あの男《ひと》は！」

ライザは怒りに瞳を煌かした。

一方、別のところから同じく二人を観察していたもう一人は、ライザと違い、淡々とした目で二人の情事を観察していた。偵察と監視を目的とするその男はグレイシスとエルティシアが森から消えた後、音も立てずにその場から立ち去り、主のもとへ報告に向かった。

――この二人の存在が、エルティシアとグレイシスの偽りの結婚に終止符を打つことになるのを、まだ彼らは知らない。

第五章　偽りの終焉《しゅうえん》

森で抱き合った次の日、フェリクスが訪ねてきた。

「こっちが不眠不休で働いているというのに、連続休暇とは羨ましいね」

談話室に通され、グレイシスと顔を合わせるなりフェリクスはぼやいた。グレイシスの後に続き談話室に入ったエルティシアは目を丸くする。こんな愚痴を言うフェリクスはめったに見られないからだ。

「確かに昨日と今日、連続で休暇を取っているが、溜まっていた休みを消化しているだけで、正当なものだ」

グレイシスは淡々と言うと、エルティシアをフェリクスの向かいにあるソファに導き、自分はその隣に腰を下ろす。

「どうした？　お前がそんな言い方をするのは珍しい」

「まぁ、単なる僻《ひが》みだから気にしないでくれ」

フェリクスは笑って手をひらひらと振った。

「こっちが休みなく働いてるのに、奥さんとイチャイチャするためにこの短期間に休暇を取りまくってるからつい、ね」

エルティシアは顔を真っ赤に染めた。昨日の森でのことといい、その後昼間から寝室に篭もってしまったことといい、確かにグレイシスとエルティシアは愛し合ってばかりいたからだ。

だが、グレイシスはその言葉を無視することに決めたようで、冷たい声で言葉の先を促した。

「さっさと本題に入れ。わざわざ新婚夫婦の邪魔をしに来るくらいだ。何か報告することがあるんだろう？」

「んー、まあね」

ところがフェリクスは歯切れが悪い。いつにない様子にエルティシアはいよいよ心配になった。

「いいニュースと悪いニュースがある。……まぁ、どっちも同じことなんだけど」

フェリクスは嘆息しながら呟くと意を決したように顔を上げた。

「例の、ユスティス伯爵のことだ。証言や証拠も集まったことだし、逮捕に踏み切ったんだが……」

そこでグレイシスがすっと目を細めた。

「もしや、取り逃がしたのか？」

フェリクスは頷いた。

「ああ。すんでのところで、本人と側近の数人を取り逃がしてしまった」

エルティシアは息を呑んだ。グレイシスが眉を顰める。

「用意周到なお前らしくない失態だな」

「すまない。少々甘く見ていたらしい」

フェリクスは再び深いため息をつき、それからエルティシアに説明を始めた。記憶を失い、そのユスティス伯爵との関係など知る由もない無防備な今の彼女に注意を促す意図もあるようだった。

「ユスティス伯爵というのは、人身売買や、半年ほど前から頻発していた貴族女性の誘拐事件にも大きく関わっているやつでね。証拠がいよいよ集まったから捕まえようとしたんだが……」

どうやらユスティス伯爵の腰ぎんちゃくの貴族や加担していた商人、それに部下をはじめ大半は捕まえたのだが、肝心の本人にはすんでで逃げられてしまったようだった。街道を封鎖して探してはいるが、未だに見つけられないのだと言う。

「ただ、奴の貴族としての生命は終わっている。陛下に報告したら、領地と爵位没収の命が下った。財産の大半は取り押さえたし、もうめったなことはできないと思うんだが……」

それを聞いてエルティシアはホッと胸を撫で下ろした。身柄の拘束ができなかったのは残念だが、これでもうユスティス伯爵との縁談はなくなったも同然だ。伯爵はもうシアに係《かかずら》う余裕などないだろうし、いくら父でも犯罪者と結婚させることはしないだろう。

カトレーヌ・マジェスタが拉致されるところに出くわし、危険な目に遭いもしたが、結局そのことがユスティス伯爵に嫁ぐという運命から自分を救うことになった。もちろんそこにはフェリクスやグレイシスたちの助けがあったわけだが。

「街道は封鎖してあるから、国を出たとは思えないんだけど」

「どこかに匿《かくま》われているのかもしれないな」

「そのことなんだけど……」

ユスティス伯爵の居場所についてフェリクスとグレイシスがそう会話をしていた時だ。廊下から騒がしい声が近づいてくるのが聞こえた。

「お待ちください！　まだ先客が……」

「待てないわ。それに先客といったって、みつあみ男でしょう？」

それは執事のレーンと、よく聞く女性の声——ライザの声だった。エルティシアたちは何事かと顔を見合わせる。

「何か起こったのかな？」

フェリクスがつぶやくと同時に扉がノックもなしに開かれた。そこにいたのは鮮やかな青色のドレスを身に纏ったライザと、困惑顔をした執事のレーンだった。

「すみません、お止めできなくて……」

ライザはさっさと部屋に入ってくるとまっすぐエルティシアに向かってくる。彼女の表情に何か決然としたものを感じ、エルティシアは目を見張った。

「ライザ……？」

ライザはソファに腰掛けるエルティシアの前にくると、彼女の手を取り立ち上がらせて唐突に言った。

「シア。ここから出ましょう。記憶が戻るまで、いくらでもエストワール邸《うち》にいるといいわ」

「ら、ライザ？」

エルティシアは目を丸くした。突然何を言い出すのだろうか？　ここを出てライザの家に行く……？

「勝手なことをしてもらっては困るな、ライザ嬢」

グレイシスが表情も変えずに言うと、ライザはエルティシアの隣にいた彼をキッと睨みつけた。

「あなたこそ、何をしているの、ロウナー准将？」

「何を、とは？」

「この状況を利用してシアに何をしているのかと聞いているの。シアがあなたを夫として慕っているのをいいことに、弄《もてあそ》んでいるのではなくて？」

「ライザ!?」

エルティシアは今度こそ仰天した。

一方的に非難されたグレイシスは、しかしソファに腰かけたまま動じることなくライザを見て「なるほど」と呟く。

「昨日の森での気配はあなたか、ライザ嬢」

「昨日の森……」

昨日の森での情事を思い出したエルティシアは目を剝いた。

まさか、あれをライザが見ていた……？

エルティシアはサッと青ざめ、次に頭の先からつま先まで一気に全身を真っ赤に染めた。

「私が記憶を失ったシアを託したのは、あなたならシアを守ってくれると思ったからよ！」

ライザは両方の拳を握り締め、グレイシスに食ってかかった。

「なのにあなたはシアが覚えていないことをいいことに、好き勝手に弄んで！　事と次第によっては許しませんからね！」

「やめて、ライザ！」

エルティシアはとっさに前に出てグレイシスを庇《かば》った。

「違うの、ライザ。グレイ様は私を弄んでなんていないわ！　昨日のことだって私が自ら望んだの！」

けれど、ライザはエルティシアの言葉を無視し、彼女につらそうな視線を送った。

「ごめんなさい、シア。もっと早くにあなたに真実を打ち明けて、うちで引き取っておけばよかった」

それからライザは少しの間だけ目を瞑り、再び目を開けエルティシアに告げた。

「あのね、シア。聞いて？　ロウナー准将は……あなたの夫ではないの。あなたたちは結婚なんて本当はしていないのよ」

「ライザ……」

エルティシアはライザが誤解していることに気づく。彼女は、エルティシアがグレイシスを夫だと思っているからこそ身体を委ね、夫婦同然の生活をしていたと思っているのだ。

そして今、ライザに糾弾されているのは、グレイシスだけではないのだということも悟った。偽りの関係を利用していたのはエルティシアも同じだ。

「ライザ、違うの……悪いのは私の方」

声が震えた。なぜなら、これですべて終わってしまうと分かっていたからだ。けれど、グレイシスだけのせいではないことを示さなければならなかった。

「私はとっくにこれが偽りの結婚だって分かってた。知っていて、グレイ様に抱かれていたの。だって……傍にいたかったから……」

その言葉を聞いて、今まで口を挟まなかったフェリクスが静かな声で尋ねた。

「シア。記憶が戻ったんだね？」

「……はい」

エルティシアはぎゅっと目を閉じて頷いた。偽りの時間は終わったのだ。

「そうか。思い出したのか……」

グレイシスが呟く。けれどエルティシアはグレイシスを見ることができなかった。とっくに記憶を取り戻していたのにそれを告げなかったことを、彼はどう思っているのか。それを知るのが怖かった。

今までグレイシスがエルティシアを妻だと偽ってまで傍に置いていたのは、彼女がカトレーヌの拉致現場を目撃して危険だったから。それなのにその肝心の記憶を失っていたからだ。何も知らない彼女を守るための措置だった。

けれど拉致されたカトレーヌは保護され、誘拐を指示したと思われるユスティス伯爵が捕まるのも時間の問題だ。……そう、もうエルティシアを傍に置いて守る必要はなくなったのだ。

――偽りの関係が終わる。あとはすべてが元に戻るだけ。

エルティシアは勇気を出して、グレイシスに振り返った。彼は無表情で彼女を見ていた。その顔からは、彼が今どう感じているのか、窺い知ることはできなかった。

エルティシアは俯き、再び顔を上げると言った。

「グレイ様、私、実家に戻ります。もう危険はないでしょうから。……今までありがとうございました」

そして頭を下げる。しばらくして、グレイシスが立ち上がったような気配を感じた。

「……分かりました。ご実家までお送りします、シアお嬢さん」

上から声が降ってきて、それにガンと頭を殴られたようなショックを受ける。

夫と偽っていた時はくだけた言葉遣いだったのに、すっかり敬語に戻っていた。もう、すでに彼の中でエルティシアはお芝居上の妻ではなく、上官の姪の「シアお嬢さん」なのだ。その他人行儀な呼び方が彼の気持ちを表しているように思えて、エルティシアは悲しくなった。

「いいえ。グレイ様のお手を煩わすことではありません。ライザに送ってもらいます」

助けを求めるような視線をライザに送ると、彼女は即反応した。

「もちろんよ。シアは私が責任もってグリーンフィールド伯爵邸に送り届けるわ」

グレイシスは一瞬だけ顔を顰めたが、すぐにため息まじりに頷いた。

「分かりました。ライザ嬢、よろしくお願いします」

グレイはあっさりと承諾した。まるで一刻も早くエルティシアを戻したいとでもいうように。

彼の傍にいるのがつらくて、実家に戻ると言い出したのはエルティシア自身だが、彼から引き止める言葉は一切なかった。

——夫婦として抱き合って過ごした日々は、一体何だったの？　何の意味もなかったの？

胸の奥がじくじく痛んだ。でもこれも自業自得だ。

エルティシアはグレイシスの姿を目に焼き付けるかのようにじっと見つめ、それから無理やり笑顔を作って口を開いた。

「本当にありがとうございました。グレイ様。……そして……さようなら」

エルティシアにとって、それはただの挨拶ではなくて、本当の別れの言葉だった。


「シア、ごめんなさい。私が余計なことをしたから……」

馬車に乗ってグレイシス邸の敷地を出たとたん、ライザが謝った。エルティシアは首をふった。

「ううん。どうせいつかは分かることだったの。ライザのせいじゃない。全部自分がいけないの。傍にいたくて、偽りの関係を利用したのだから。悪いのは、私……」

言いながら次から次へと頬に涙が零れ落ちていった。

……エルティシアは心のどこかで期待していたのだ。あんなに情熱的に愛し合ったのだから、グレイシスはこの偽りの関係を本物に、本当の妻にしてくれるのではないかと。でも、グレイシスは……。

「馬鹿ね、私」

そう呟いて、エルティシアは両手で顔を覆って声を出して泣き始めた。そんな彼女の背中を、ライザが慰めるように優しく撫でる。その感触が、かつてグレイシスに背中を撫でられた時のことを思い起こさせ、更に涙に暮れるのだった。

＊＊＊

エルティシアとライザが部屋から出て行った後、フェリクスは二人の消えた扉を見つめるグレイシスに声をかけた。

「グレイ、シアを帰してもよかったのか？」

グレイシスはフェリクスを振り返ると、少し疲れたような口調で答えた。

「ずっとこのままというわけにはいかないだろう。ここが潮時だ。彼女は家に帰り折り合いをつけなければならないし、俺にもまだやらなければならないことがある。それに……」

グレイシスはふっと自嘲の笑みを浮かべる。

「彼女には俺から離れてしばらく考える時間が必要だ。ここにいれば、俺は彼女を抱かずにはいられない。きっと、彼女に考える猶予など与えず、すべてを食らいつくすだろう。それは自分にとって都合のよいことではあるが……まだその時ではない」

「もっと前からシアが記憶を取り戻していることに気づいていたくせに。堅物な軍人の鑑《かがみ》が聞いて呆れる」

フェリクスは呆れたようなため息をついた。

「それにしても、ライザが後をつけているのを分かっていながら、外でシアを抱く奴があるか。『黒い狼』に幻想を抱いてる連中がところ構わずシアに欲情する君を見たら、きっと泣くぞ」

「勝手に泣かせておけばいい。あと、人の情事の時くらいはじろじろ見るのをやめろとお前の部下に言っておけ」

「……え？」

グレイシスの言葉に、フェリクスは眉を顰めた。

「ちょっと待て、何のことだ？」

フェリクスの反応を見て、グレイシスも思案顔になった。

「昨日、森を歩いていた時、ライザ嬢以外にももう一人こちらを監視しているような気配があった。こっちは間違いなくプロだ。何か仕掛けるわけでもなく、ただ遠くから見ているだけだったから、俺はお前がシアにつけた護衛兼監視役なのかと思ったんだが……」

フェリクスはうんざりした顔になった。

「あのね、彼女が一人になってしまうのならともかく、君が一緒にいて護衛だの監視だのが必要だと思うわけないだろう？　それに君の屋敷に移したのだって、そこにいるのが軍関係者ばかりで、こちらの貴重な人手を割かずにシアを匿うにはうってつけだったからだろう。そんなところにわざわざ今、人を送り込むわけがない。それは僕の部下じゃない。別口だ」

グレイシスが厳しい顔つきになる。

「ユスティス伯爵か？　……いや、今の奴にそんな余裕があるとは思えない。だとすれば誰が監視を……？」

「これは推測なんだが……」

フェリクスは考え込むような顔になった。

「僕は黒幕が他にいるんじゃないかと考えている」

「……お前がさっき言いかけたのは、そのことか？」

グレイシスはライザが押しかけてくる直前、フェリクスが何か言いかけていたことを覚えていたのだ。フェリクスは頷いた。

「ああ。潜伏してそうなところをくまなく探しているが、ユスティス伯爵の姿は見当たらない。これほど足取りが掴めないところを見ると、誰かに匿われていると考えるのが妥当だろう。僕はそいつが主犯なんじゃないかと思ってる」

「根拠は？」

「第一に、ユスティス伯爵が主犯と考えると被害者に共通点が見当たらない。被害者には社交界デビューしてまだ一年しか経ってない生娘まで含まれている。彼女は本来ならユスティス伯爵が見向きもしない相手だ。まったく接点がない相手をどうやって選べる？　だから別に指示している人間がいるんだろう」

「被害者の共通点が見つかれば、その犯人の正体が分かる……か？」

「ああ、僕はそう思うね。そして第二の根拠は、ユスティス伯爵が仮に黒幕なら、表に名前が出すぎている点が不自然だ」

フェリクスは指を折りながら挙げていく。

「被害者である未亡人が働かされていた娼館の実質的なオーナーであること、後ろ暗い連中との付き合いがあること、闇オークションの関係者としてしばしば名前が挙げられていたこと、カトレーヌ嬢を攫った後、馬車を直接自分の所有している屋敷に乗り入れたこと。そのどれもが、我々が簡単に調べられるものばかりだ。もし自分が黒幕なら、こんなに簡単に足がつくようなまねはしない」

グレイシスは目を細めた。

「あの男は単なる隠れ蓑《みの》ということか」

「そういうこと。実行犯に過ぎない」

フェリクスは断言して、ソファから立ち上がった。

「とにかく、僕は引き続きユスティス伯爵の居場所と黒幕を探ってみる。シアにはひそかに護衛をつけるから心配はいらない。だが昨日の監視の件もあるから、君も十分に注意してくれ」

そう言い置いて、フェリクスは帰っていった。

グレイシスはフェリクスを見送った後、自分の部屋に向かった。ところが決して広くはない屋敷なのに、誰にもすれ違わないし、誰の姿も見えない。気配があるところを見ると、それぞれが自室や仕事場に閉じこもっているのだろう。

屋敷全体が沈みこんだ暗い雰囲気になっていた。原因はおそらくエルティシアの不在だろう。エルティシアがこの屋敷を出て行ってしまったことが瞬く間に使用人たちの間に広まり、みんな意気消沈しているのだ。彼女のここでの生活が一時的なものであると全員知っていたにもかかわらず。

エルティシアは明るく誰にでも好かれるその性格で、瞬く間に彼らの心を虜にしてしまった……。でもその中でも一番彼女の虜になっているのは、グレイシス自身だった。

グレイシスは自室ではなく、その隣――エルティシアが使っていた部屋に足を向けた。中に入って、ぐるりと見回す。部屋の主がいないにもかかわらず、ここにはまだ彼女の気配が感じられた。それほどすっかりエルティシアはここになじんでいたのだ。

彼はエルティシアと一緒に使っていたベッドをそっと撫でて囁いた。

「シア。あなたはいずれ戻ってくる。あなたのいるべき場所はここ――俺の傍《かたわ》らなのだから」

＊＊＊

ライザの馬車に送ってもらい、エルティシアは一か月ぶりに実家に戻ってきた。

崖から落ちて記憶を失ってしまったこと、そして一か月近くも屋敷に戻らなかったことを両親にどのように説明してあるのか、という当然の疑問は、ライザが説明してくれた。どうやらエルティシアは保養地で病気になってしまい、そのまま療養していたことになっているらしい。

「まぁ、それじゃ、両親にも散々心配をかけてしまったわね……」

エルティシアは罪悪感に苛《さいな》まれながら呟いた。何しろ記憶が戻った後も、両親を気にかけるよりも、グレイシスとの情事に溺れていたのだから。

けれどライザは辛辣だった。

「心配していたのは、シアが治療している間に経済援助をしてくれる相手の気が変わることでしょうし、ユスティス伯爵が失脚した後は、家の財政状況のことよ、きっと」

「ライザったら……」

ユスティス伯爵のような愚劣《ぐれつ》な男に娘を売り渡そうとした両親をライザはどうしても許せないようだ。

――ところが屋敷に戻ったエルティシアを迎えた両親は以前とはまるで変わっていた。

「ティシア！　心配したわ！」

「よく戻ってきてくれた……よく」

まるで一気に十歳ほど年を取ったかのような風貌《ふうぼう》で、涙ながらにエルティシアに謝罪してきたのだ。どうやらライザは、エルティシアの病気の原因を「望まない結婚を押し付けられたから」と説明したらしかった。

けれど、両親が変わったのはそのせいだけではなかった。

「ユスティス伯爵に――あんな悪党に大事な娘を嫁がせようと考えた私が間違っていた……！」

ユスティス伯爵の悪事は失脚の報せとともに瞬く間に社交界に広まっていた。そこではまだエルティシアに知らされていない事実も噂とともに白日の下に晒されていたのだ。伯爵の亡き妻の死因もその一つで、その話がエルティシアの両親を震撼《しんかん》させたようだ。娘も同じ目に遭わされるところだったと気づいたのだ。

「資金援助を受けるために娘を売り渡そうとするなんて。そもそも我が家が困窮したのもすべて私が愚かだったからなのに。それを娘のお前に押し付けようとした私は本当にバカだった……！」

「お父様……」

まるで頭を地につけんばかりの勢いで涙ながらに謝罪する父に、エルティシアは却って罪悪感を募らせた。

家のためにユスティス伯爵との結婚を受け入れようと覚悟したものの、やはりエルティシアは心の底では両親を恨んでいたのだ。なぜ自分が父親の失敗の尻拭いをしなければならないのか。なぜ自分のために母は父に逆らってくれないのか。なぜ両親は家や財産よりも娘を大事だと思ってくれないのか。そう考えて傷つき、苦々しく思っていた。だから、彼女は両親のことをあえて考えまいとしていたのだ。

「私の方こそ……心配かけてごめんなさい」

父の手に自分の手を重ねて、エルティシアは謝罪し、そして両親を許した。途中で怖い思いをしたこともあったが、結局エルティシアがユスティス伯爵に嫁ぐことはなくなったのだ。原因が消えた今、いつまで怒っていても仕方なかった。

それに、今回の事件に巻き込まれてよかったと思えることもあった。父親がとうとうジェスター叔父に対する劣等感と向き合えるようになったのだ。

「私は一体、誰に何を証明したかったのだろうか？　今となってはなぜあんなにムキになっていたのか分からない。ジェスターと私は違う人間で考え方も価値観も違うのに」

そこには叔父の名声と張り合おうとしていたかつての父の姿はなかった。まるで憑《つ》き物が落ちたかのようだ。

エルティシアはその変化を素直に喜んだ。

けれど、いくら父が劣等感を乗り越えようと、エルティシアの家の経済状況がたちどころによくなるわけではない。ユスティス伯爵の名前がエルティシアの結婚相手のリストから消えただけで、何一つ解決などしていないのだ。この家が崖っぷちにたっていることに違いはない。

父親と母親はちらりと顔を見合わせておずおずと言い出した。

「ところでお前の結婚のことだが……」

「じ、実はあなたに、縁談があるの。その方は身分も高くて裕福で……。我が家にも援助してくださるって」

エルティシアはまたかという気になった。だが、結局は、エルティシアの結婚を利用して経済援助をしてもらうしか道はないのだ。

「それはどなたですか？」

ため息まじりに尋ねると、両親はもう一度顔を見合わせた。

「お前はきっと驚くだろう。私たちもそうだったのだから。実は是非にお前をと言って来たのは、ラシュター公爵なんだ」

「……ラシュター公爵!?」

エルティシアは仰天した。

ラシュター公爵とは、前にライザが話題にしていた、現国王の異母弟で前王の庶子のことだ。最近王族として認められ公爵に叙爵されたばかりの今一番話題の人物だった。

――前王には外国から輿入れしてきた正妃と、二人の側室がいた。その正妃こそが現国王の母親であるフリーデ皇太后だ。

一方側室の一人はこの国の侯爵家の娘で、フリーデ皇太后との結婚話が持ち上がる前は正妃候補とされていた女性だった。彼女は男子を一人産んだが、生後間もなく子供と一緒に亡くなっている。これは自分が産んだ王子の立場が危うくなると危惧したフリーデ皇太后の仕業だとあちこちで噂された。

そんな中、もう一人の側室である、子爵家の令嬢が男子を産んだ。だが、このままではもう一人の側室が産んだ子供の二の舞になってしまうと恐れを抱いた周囲が、赤子の命を守るため王位継承権を放棄し、他家に養子に出すように勧めたのだった。当時の王がこれを了承し、生まれたばかりの子供はただの一貴族として生きることとなった。この男子がのちのラシュター公爵だ。

そのすべてが変わったのはフリーデ皇太后が失脚して幽閉されてからだ。それまで存在すら公にされていなかったものが、現国王が王族と認め、公爵という地位を与えたことから注目された。ただ、本人は一度も公の場に現れていない、謎の人物だ。

「そ、そんな方がなぜ私を？」

もちろんエルティシアは、ラシュター公爵とは会ったことがないはずだ。

「どうやら、数か月前に参加した夜会でお前を見初めたらしい」

数か月前の夜会といえば、グレイシスに会うために叔父に連れて行ってもらったあの夜会のことだろう。あの時にエルティシアを見初めた？　確かに何人かにダンスを申し込まれた記憶があるが、もしや、あの中の誰かが謎の公爵だった……？

「ユスティス伯爵と縁談があったことも正直にお伝えしたのだが、たとえお前と悪名高い伯爵との間に何があろうと自分の気持ちは変わらない、これからは自分がお前の支えになると仰ってな。生まれのことで苦労なさったせいか、公爵はとてもお心が広くてお優しい方のようだ。シア。家のことはともかく、これはお前にとってもいい話だと思う。どうだろうか。前向きに考えてはくれまいか？」

父親はエルティシアを窺うように見つめた。

「……わかりました。ラシュター公爵のもとへ嫁ぎます」

エルティシアは、グレイシスのことや彼に抱かれた時のことを思い出し、胸の痛みを押し隠しながら告げた。相手は公爵だ。断る余地はなかった。

それにもしかしたらラシュター公爵が彼のことを忘れさせてくれるかもしれない。エルティシアはそう思って自分を慰めた。

もうグレイシスのことは諦めなければ……。そして、公爵を愛せるよう精一杯努力しよう。

――その後、ラシュター公爵のもとへ承諾の返事を持った使者が送られ、エルティシアの結婚相手が内々に決定したのだった。

ところが婚約が決まってからも、エルティシアの頭を占めるのは夫になるはずのラシュター公爵のことではなかった。

いつも考えるのは、グレイシスのことだ。今彼は何をしているのだろうかと考える。そして彼を思うたびに生じる熱と疼く身体を持て余す。

胸の先が尖れば、彼の口に吸われた感触まで蘇り、奥から蜜が溢れて来る。蜜口を這う指の感触を思い出せば、みっちり埋め尽くす質量のあるものが恋しくて子宮が痛いくらいに疼いた。

……一体自分はどうしてしまったの？

夜もよく眠れなくなった。寝ている間、隣にいるはずのない温かな身体を求めて手がさ迷い、冷たいシーツしかない現実に絶望する。

もし今グレイシスの姿を見たら、その場で彼に身を投げ出して懇願していただろう。どんな形でもいい、彼の望むようにしていいから、身体だけでもいいから繋がっていたい、と。

そんなふうに思ってしまうのはラシュター公爵に対する酷い裏切りだろう。けれど、身も心もどうしてもグレイシスを求めてしまう。そしてそんな自分を持て余す。

——実家に戻って三日目。エルティシアはとうとう決心した。

一度、グレイシスに会おうと。もう一度勇気を振り絞って、想いを打ち明けよう。彼がどう思っているのか尋ねてみよう。

思えば自分は一度だって彼にどう思っているのか尋ねたことはなかった。答えを知るのが怖くて、ただ自分の気持ちをぶつける一方だった。

だから自分はいつまで経っても諦められないのだ。いつまでもぐずぐずと希望を持ち続けてしまう。でももうそれではだめなのだ。

……これで、これで最後にしよう。盛大に振られて、彼のことはきっぱり諦めるのだ。

エルティシアは決意し、グレイシスのもとへいくために支度を始めた。白のシュミーズドレスを脱ぎ、ピンクのハイウエストのドレスを手に取る。

その際、グレイシスが肌に刻み付けた所有印が目に入った。胸の白い膨らみと、下腹部、それに内股と、白い肌に咲いた赤い花がまだ色を失わずに残っていた。名残惜しげにそれらに触れた後、下着とドレスで覆っていく。

すっかり支度が済んで部屋を出ようとしたその時、使用人の一人が父親の書斎にくるようにと伝言を持って現れた。

せっかく決心したところだったのに……水を差された気になりながら書斎に向かうと、父親はめかしこんだ娘の姿に一瞬驚いたものの、ちょうどいいと呟いた後に驚くべきことを言った。

「実は今、ラシュター公爵の使者がお前を迎えにいらした。公爵がお前に会いたいとおっしゃっているそうだ。婚約も成立したことだし、顔を合わせておきたいのだろう」

「ラシュター公爵が……？」

エルティシアはそれを聞いて、一瞬嫌だと思ってしまった。今はグレイシスのことで頭がいっぱいなのに、と。

けれど、エルティシアは頭を振ってこれは逆にいい機会だと考えた。婚約は成立したものの、まだ公示されていない今なら考え直してもらうこともできる。エルティシアはラシュター公爵に告白しなければならないことがある。自分の純潔についてだ。

エルティシアは純潔ではない。グレイシスと夫婦同然に暮らし毎晩のように彼に抱かれてきた。いわゆる傷物だ。そればかりか彼の子を宿している可能性もあるのだ。公爵は何があろうとかまわないと言ってくれているようだが、それを告げないで結婚するのは騙しているのも同然だ。承諾した時は自分の事で精一杯で失念していたが、すぐに自分の身勝手さに気づき酷い罪悪感に襲われていた。

——ラシュター公爵に告げよう。そして謝ろう。正直に自分が純潔ではないこと、そして自分がどうしたいのかを。

エルティシアはラシュター公爵の誘いを受けることにした。

エルティシアを迎えに来た使者は二十代半ばの若い男だった。従僕《フットマン》の服を着たその男性は、エルティシアに恭しく手を差し出すと、馬車へ導いていく。ラシュター公爵家の馬車は黒の車体に金色の装飾が施された、重厚でいて品の良いデザインの馬車だった。扉には紋章がついていて、その紋章には鷲と剣、それに王冠が描かれている。これが話題のラシュター公爵家の紋章らしい。思わずじっと見ていると、少し焦れた様子の従僕に促されてしまう。慌てて乗り込むと、車の中は広く、赤いベルベットのソファが備え付けられていた。

エルティシアは腰を下ろすと、見送りにきた両親に窓越しに小さく手を振った。

一方、グリーンフィールド伯爵は、門を通り抜け、遠くなっていく馬車を見送りながら、はて、と首をかしげていた。

「今日来た使者は、前に来た使者とは違っていたような気が……」

だが、そういうこともあるだろうと、彼は深く考えることはしなかった。

第六章　救出

総本部にあるグレイシスの部屋に、フェリクスが訪ねてきていた。

「直近の拉致被害者であるカトレーヌ・マジェスタ侯爵令嬢から話を聞けたよ。彼女は拉致されたものの、処女を売りにするため、他の被害者たちのように暴行されることがなかったのが幸いした。他の女性たちに比べて意識もはっきりしていて、しっかり話を聞けた。抵抗できないように睡眠薬らしき薬を打たれていたけど例の媚薬は投与されなかったようだ」

「そうか」

グレイシスはフェリクスの話を聞きながら自分の机に積まれた書類に目を通していた。

「それで、カトレーヌ嬢がさ、犯人らしき者たちと接触する時に目隠しされて全然見えなかったのに、自分を拉致した犯人が誰だか分かったって言うんだ」

「ほう。誰だ？」

グレイシスは書類から顔を上げた。

「誰だと思う？　意外なような、そうでもないような……？」

フェリクスは勿体ぶった言い方をしたが、グレイシスにじろりと睨まれて降参とでもいうように手をあげた。

「分かったよ、睨むなって。カトレーヌ嬢が犯人として挙げた名前は、君もよく知っている人物だ。ディレーナ・リュベック侯爵夫人。――そう、『グランディアの黒い宝石』だ」

「……何だと？」

グレイシスが目を見開いた。

「カトレーヌ嬢は、純潔は奪われなかったけど、検分と称して何度か男たちに裸にされて身体を触られたらしい。そうして辱めを受けている時には必ず、男たちの匂いにまじってリュベック侯爵夫人が身につけていた香水の匂いがかすかにしていたそうだ。目隠しされていた分、嗅覚が敏感になっていたんだろう。自分を誘拐させたのは絶対にあの女だとカトレーヌ嬢は断言していた」

フェリクスはそこでうっすらと嗤《わら》った。

「僕はその勘はあながち間違ってないと思ってる。というのも、ディレーナ・リュベック侯爵夫人と被害者たちとの関連を洗い出していくうちに、ある共通点が見つかった。何だと思う？」

フェリクスはグレイシスの顔をじっと見ながら告げた。

「そう、君だよ、グレイ」

グレイシスはきゅっと口を引き結んだ。

「被害者は、英雄である『黒い狼』に好意を寄せていて、何らかの手を使って君に近づこうとしていたか、もしくは君と一度婚約していながら年寄りを選んだディレーナを公衆の面前で嘲ったかどちらかだ。カトレーヌ嬢は前者だし、最初に拉致され娼館に売られた未亡人は後者に当たる。そしてシアは――」

グレイシスの眉がその名前に反応してぴくっと上がった。

「シアはそのどちらでもなく、けれど、君にとって昔から特別な女性であったために扱いが違ったのだと思う。確実に君から引き離し、手を出せない状況を作り出す必要があった。だからまず、シアと誰かを結婚させる方法を取った」

グレイシスに一方的に近づこうとしていた者たちはいつもの方法で遠ざければよかった。よしんば救出されても乱暴された身では二度と表舞台には出て来られない。ところが、エルティシアはグレイシスが特別視していたために、今までと同じ手を使っても完全に引き離すことはできないと踏んだのだ。だからユスティス伯爵を使うことにした。

「ディレーナにとって、一番の脅威がシアだろうな。だからこそ、ユスティス伯爵と結婚した後で、一番悲惨な目に遭っただろうということは想像に難くない」

グレイシスが苦々しい表情になった。

「あの女がすべての元凶か。……ああ、そうだな、そうすると頷けるものがある」

おそらくあの夜会でエルティシアと一緒にいるところを見て、グレイシスが彼女に特別な思いを抱いていることを悟ったのだろう。だからあの後急にエルティシアに縁談の話が持ち上がったのだ。

「――ところで、グレイ」

フェリクスは唐突に言った。

「ここからが本題だ。つい今しがた、シアに付けている監視者から緊急の報告が入った。『鷲と剣と王冠』の紋章がついた一台の馬車がシアを迎えに来て、彼女がそれに乗って出かけたそうなんだが、覚えはないか？」

――ガタン。

グレイシスが椅子を倒す勢いで立ち上がった。その顔はいつになく青ざめている。長い間一緒にいるフェリクスですら、グレイシスのこんな顔を見るのはたった二回だけだ。そう、エルティシアが崖から落ちたことを知ったあの時と今だ。

「やはりな。君なら直接シアを迎えに行くだろうと思って、すぐに第四師団を向かわせたよ。……間に合えばいいが」

フェリクスがそう言った時にはグレイシスは机に立て掛けてあった剣を手に部屋を出て行くところだった。だが、ふと足を止め、足早にフェリクスの前に戻ってきたかと思うと、いきなり拳を叩きつけた。

――ガツッ。

鈍い音が部屋に響き、頬にまともに拳を受けたフェリクスの身体が床に叩きつけられる。

グレイシスはその様を、怒りを帯びた琥珀色の目で見下ろし、冷たい声で言った。

「お前、シアを囮にしたな？　主犯をあぶりだすためユスティス伯爵をわざと取り逃がし、真犯人がディレーナと確定した後はシアという餌をわざとぶら下げた。……違うか？」

ディレーナは、エルティシアという餌に釣られ、フェリクスが待ち構える表舞台にまんまと出てきたわけだ。

「……すまない」

床に座り込み、殴られた頬を押さえて素直に謝罪するフェリクスの様子がすべてを語っていた。グレイシスはチッと舌打ちすると再びフェリクスに刺すような視線を向ける。

「もしシアに万一のことがあれば、これだけではすまさん。覚えておけ」

そう言い捨てて、グレイシスは部屋を飛び出していった。

「……あー、痛てて。本気で殴ったな、あいつ」

フェリクスはすでに赤く腫れつつある頬にそっと触れて顔を顰めた。だが、殴られることはすでに覚悟の上だ。むしろ一発で済んだのは幸いだった。もっとも、殴る時間すら惜しんだだけかもしれないが。

「だけど、まぁ、これ以上殴られるのは勘弁だけどな」

そう呟くとフェリクスは立ち上がった。彼の仕事はまだ終わっていないのだ。

＊＊＊

エルティシアは馬車の向かう先にある大きな屋敷を驚きの気持ちで見つめていた。これがラシュター公爵の屋敷なのだろうか？

ところが従僕の手を借りて馬車から降りたエルティシアは、玄関の扉の上にある紋章を見て首をかしげた。馬車にあった紋章とは違っていたからだ。それにラシュター公爵の紋章に見覚えはなくても、この扉の紋章は知っていた。

これはリュベック侯爵家の紋章だ。つまり、ここはリュベック侯爵邸に違いない。

なぜ、ラシュター公爵はここにエルティシアを連れてきたのだろう？　リュベック侯爵家と何か関わりが……？

だがいくら考えても訳が分からなかった。従僕に「ここはリュベック侯爵邸ですよね？」と尋ねても、「すべては主にお聞きください」と言われるばかりで埒《らち》があかなかった。こうなったら直接聞くしかないと、従僕の後について行く。

けれど、贅沢に作られている長い廊下を歩きながら、エルティシアは妙な胸騒ぎを覚えていた。

半年前に侯爵が亡くなり、跡継ぎのいなかった侯爵家は、遠縁のまだ五歳になったばかりの男の子を養子として迎えることで落ち着いた。

リュベック侯爵家の今の実質的な当主は侯爵夫人でグレイシスの元婚約者だったディ

レーナだ。そして、ディレーナとエルティシアの間に直接的な交流はない。ラシュター公爵家とリュベック侯爵家の繋がりが分からない以上、エルティシアがここにこうして招かれるのは、何かおかしい気がしてならなかった。

……今からでも帰ることはできるだろうか？

だが、それを言い出すのは少し遅かったようで、従僕は屋敷の中でも特に立派な扉の前で足を止めてエルティシアに言った。

「ここで、主がエルティシア様をお待ちです」

……こうなった以上、覚悟を決めるしかなかった。エルティシアは従僕に続いてその重厚な扉をくぐった。

最初にエルティシアの目に留まったのは、鮮やかな紫色のドレスを身に纏い、悠然と佇むディレーナだった。エルティシアをここまで案内してきた従僕はまっすぐ彼女のもとへ行き、恭しく頭を下げる。

「ご主人様、エルティシア様をお連れいたしました」

この従僕の主はラシュター公爵ではなくて、ディレーナ？

驚き混乱するエルティシアをよそに、ディレーナは従僕に鷹揚《おうよう》に頷く。

「ご苦労様。あとは、〝彼ら〟を呼びに行ってちょうだい。お望みのものが到着したって」

「かしこまりました」

従僕は再び恭しく頭を下げると、エルティシアの横を通り過ぎ、音も立てずに部屋を出て行った。この従僕の格好をした男が、四日ほど前に、森でグレイシスとの愛の行為を観察していた男であることをエルティシアが知るはずもない。

男の姿が扉の向こうに消えると、ディレーナがエルティシアに声をかけた。

「エルティシア様、ようこそ、リュベック侯爵邸へ。ゆっくりしていかれてね」

ディレーナはそう言って、真っ赤な紅が塗られた口元に笑みを浮かべた。それは実に艶やかな笑顔だった。けれど、エルティシアにはなぜか鎌首をもたげたヘビがチョロチョロと舌を出しているように思えてならなかった。

「あ、ありがとうございます。リュベック侯爵夫人」

とまどいながら挨拶を返すと、ディレーナはコロコロと笑った。

「まぁ、どうかディレーナと呼んでちょうだい、エルティシア様。『リュベック侯爵夫人』は近いうちに返上する予定ですの」

「は、はぁ。そうなのですか」

あいそ笑いを浮かべながら、エルティシアは忙しく考える。

返上する？　その名前で呼ばれなくなるということだろうか？　まさか、再婚でもする予定が……。そう思ったとたん、グレイシスの姿が浮かび、胸の奥に冷たいものが落ちていく。

――まさかグレイ様と？

二人はかつて婚約していた身だ。ディレーナの夫であるリュベック侯爵が亡くなった今、一緒になるのに何の障害もないように思えた。

「ねぇ、わたくし、以前からエルティシア様とお話ししたいと思っておりましたのよ」

ディレーナは唐突に言った。

「え？」

「わたくしたちに共通の友人がいるのはご存じでしょう。ふふ、わたくし、彼とは昔から親しくおつき合いさせていただいておりますの」

ディレーナは何か含みを持たせるように笑う。エルティシアは彼女が言っている〝彼〟がグレイシスのことだとすぐに察した。

「エルティシア様も、彼のことは小さい頃から知っていて兄妹みたいな仲だとか。彼にとっての妹分ならわたくしにとっても他人ではありませんわ」

――兄妹。妹。この人はそれを強調して、グレイシスにとってのエルティシアが女としては取るに足らない存在だと仄めかそうとしているのだ。

エルティシアは我慢できなくなり、脇で拳を握り締めながらキッと顔を上げた。

「ディレーナ様、それが私の知っている方のことを示しているのでしたら、訂正させていただきます。私と彼は兄妹のような仲ではありません」

ディレーナはエルティシアとグレイシスの関係を兄妹みたいな仲という枠に落とし込みたいようだが、エルティシアの知るグレイシスは、たとえ芝居でその行為が必要だったとしても、「妹」だと思っている相手を閨に引きずり込む人間ではない。ディレーナに兄妹という言葉を出されて初めてエルティシアはそのことに思い至っていた。決して義務などではなかったのだ。

　偽りの夫婦として過ごしたこの一か月近く、二人は毎晩のように閨を共にしてきた。偽る必要があったからだが、少なくとも彼にとってエルティシアは妹などではなく、この身体に少なからず大人の女性としての魅力を感じてくれていたからに違いない。自分の身体に残された赤い印がその証だ。

「それに、私と彼の関係はディレーナ様には関係のないことです。私にとってグレイ様とディレーナ様の過去が関係ないように」

　エルティシアは彼女と親しくするつもりがこれっぽっちもないことを、暗に告げた。すると次の瞬間、ディレーナの笑みが掻き消えた。だが、すぐにその美しい顔に再び笑みを貼り付けると、鈴を鳴らしたような声を立てて笑った。

「そうですわね、過去など関係はありませんわよね。大切なのは未来。これからのことですもの」

　美しくもわざとらしい笑い声はエルティシアの耳に不快に響いた。もうこれ以上、一秒だってこの人の傍にはいたくない。

　エルティシアは彼女の声を遮るように声を上げた。

「ところで、私は今日、ラシュター公爵に呼ばれたはずなのに、ここに連れてこられました。どういうことなのか説明してはいただけませんか？　公爵はどこです？」

ディレーナの笑い声が止んだ。

「ラシュター公爵？　ああ、彼は今はまだここにはいないわ。でもそのうち来るはずよ。だってあなたがここにいるんですもの」

その言葉を聞いたとたん、エルティシアはやはりと思った。ラシュター公爵に呼ばれてリュベック侯爵邸に辿り着くなど不自然すぎる。ラシュター公爵がエルティシアに会いたいと迎えをよこしたこと自体が真っ赤な嘘だったのだ。あの従僕はこの人に命令されて、嘘の理由でエルティシアを家からひっぱり出したのだ。馬車のあの紋章も、ラシュター公爵家から盗んできたものか、あるいは偽装されたものに違いない。

……でも一体何のために？　分からないが賭けてもいい。碌なことじゃないはずだ！

エルティシアは内心の怯えを悟られないように胸を張りながら、ディレーナに言った。

「私はラシュター公爵に会いにきたのです。いらっしゃらないのならこの後にも用事がありますので、失礼させていただきます」

それからディレーナの反応を見ることなく踵を返す。けれど、数歩も歩かないうちに、突然扉が開いて四人の男たちが部屋に入ってきた。男たちの先頭に立つ人物を見てエルティシアは息を呑む。それはエルティシアが今もっともこの世で会いたくない男だった。

――ユスティス伯爵……！

けれど、見覚えがあったのはユスティス伯爵だけではない。彼に続いて入ってくる男たちにも覚えがあった。カトレーヌ・マジェスタ侯爵令嬢の馬車を襲い、御者を殺して彼女を連れ去った男たちだったのだ！　男たちの中にはエルティシアを追いかけてきたあの男も含まれていた。

貴族としての身分も財産も剝奪され、軍に追われているはずのユスティス伯爵と、馬車を襲った彼らがどうしてリュベック侯爵邸に？

——……まさか。

ディレーナの方を振り返ると、彼女は嫣然と笑っていた。男たちが入ってきたことに驚いた様子もない。エルティシアはゾッと背筋を這う悪寒と共に悟った。彼女もあの拉致事件や人身売買に関わりがあるのだ。いや、関わりがあるというより、むしろ——。

ユスティス伯爵はエルティシアの姿を見てにやりと笑った。

「これはこれは、我が花嫁ではありませんか。ご実家に姿が見えないようでしたので心配しましたぞ」

エルティシアはじりじりと後退しながら首を振った。

よくもそんな戯言を……！

「私はあなたの花嫁なんかじゃありません！　私は……！」

「ああ、そうでした。あの『黒い狼』の女でしたな」

ユスティス伯爵はしたり顔で頷く。

「聞き及んでおりますよ、真っ昼間に外でヤるほどお盛んだそうで」

エルティシアの青ざめていた頰にサッと紅が走った。まさか、あの場面をライザ以外の人にも見られていた……!?

怯えなのか羞恥なのか分からない震えがエルティシアを襲う。ところが、ユスティス伯爵の発言に不快感を示した人物が別にいた。ディレーナだ。

「気に入らないわね。グレイはわたくしのものよ。最初からそうなの。だからその女は彼の女でも愛人でもなくて、ただの欲望の捌《は》け口に過ぎないわ。わたくしが彼のもとに戻ればすぐに用済みよ」

彼女は眉を吊り上げながら冷たい目でエルティシアを、そしてユスティス伯爵を見る。ユスティス伯爵はうっとりとディレーナを見つめながら頷いた。

「おお、そうでしたな。申し訳ありません、マダム。彼はあなたのもの。あなたが望んで堕ちない男などいない。ただ、首尾よく彼と結婚しても、私どもとの『遊び』もお忘れなきよう願いますよ」

その言葉にディレーナは機嫌を直し、真っ赤な唇を綻《ほころ》ばせた。

「もちろんよ。あの『遊び』をあそこまで苦労して発展させてきたのはこのわたくしよ？憲兵たちに検挙されて台無しにされたけれど、お前とわたくしならすぐに立て直せるわ。軍の手の及んでいない遊び場もまだまだ残っているし。手始めにあそこの女たちを出品させましょう」

ユスティス伯爵が同調する。

「そうですな。調教を急がせましょう。ただ惜しむらくはあの媚薬を調合していた薬師も一緒に検挙されてしまったことです。あそこまで具合のよい媚薬はめったにないので、それだけは残念ですな」

「まだまだ在庫は手元に残っているわ。それでしばらくはしのげるでしょう」

――この人たちは……！

目の前で繰り広げられるおぞましい会話に、エルティシアは絶句する。何ということだろう、彼らが話をしているのは人身売買の、闇のオークションのことなのだ。

「あなたが……？　あなたが闇のオークションの……？」

エルティシアはディレーナに問いかける。彼らの会話を聞いていればどちらが主でどちらが従なのかは明らかだった。

ディレーナは「あら？」とでもいうように、眉をあげてエルティシアを見たが、隠す気はもともとないらしく、あっさりと頷いた。

「ええ、そうよ。あのオークションの陰の主催者はわたくしよ。もともとあれは夫が趣味と実益のために始めたことだったの」

「リュベック侯爵が？」

エルティシアは頭をガンと殴られたようなショックを受けた。侯爵は貴族として公爵に続いて二番目に高い地位にある。そんな高位の貴族が人身売買に手を染めるなどということはあってはならないのに。

「そうよ、夫には若い娘の純潔を汚すのが何よりも興奮するという困った性癖があってね。

そのために平民の女を攫ったり、貧しい農家の娘を買ったりしていたの。でも夫が欲しいのは処女であって、一度手をつければ用済みでしょう？　その女たちの始末に困って始めたのが性奴隷専門のオークションよ。お金も手に入るし、商品にするために攫ってきた生娘を品定めという名目で汚して夫も満足できる、一石二鳥の方法だと思わない？」

エルティシアは首を横に振った。攫われて無理やり処女を奪われた挙げ句、性奴隷として売られていく女性たちのことを思ったら、とてもではないがそんなふうには思えない。けれど、ディレーナは本気でそう思っているようだった。彼女にとっては、自分以外の女はどうでもいいのだ。彼女の言葉には罪悪感も心の痛みも同じ女としての同情もなかった。

「嫌だ助けてと泣き叫んで輪姦されていた女が、媚薬を投与され、そのうち快感に溺れ、狂ったように自分から求めていくのよ。思い出すだけでゾクゾクするわ」

ディレーナはうっとりと呟く。彼女は嫌がる女が無理やり汚され、媚薬によって性奴隷に堕ちていくのを眺めるのが好き、という性癖があったのだ。

エルティシアはそんな彼女をまるで別の世界の人間を見るような目で見る。そんな残酷なことに興奮を覚える気持ちがまったく理解できなかった。

「ただ、ここ数年は顧客の要望もエスカレートしてきてね。平民の女ではなくてもっと身分の高い高貴な生まれの女が欲しいという注文も増えてきていたの。でも夫は、貴族を攫って憲兵に本腰を入れて調査されても困るからとそれはずっと断っていたわ。わたくしに言わせれば平民を攫うのも貴族の娘を攫うのも同じことなのに」

……けれど、貴族の娘を商品にすることに反対していたリュベック侯爵は亡くなった。それでディレーナは貴族も商品として扱うことに決めたのだ。

「どうせならわたくしの目障りな女にしてしまえばいいと思いつくのはすぐだったわ。グレイのことでわたくしを侮辱したダートリー子爵夫人、父親がグレイの父親であるロウナー伯爵の上官なのをいいことに圧力をかけて手に入れようとしていたメノウ伯爵令嬢、あとは似たり寄ったり。カトレーヌ・マジェスタもその口。グレイに纏わりつく煩い蠅《はえ》よ。害虫にしかならない蠅は叩き落とさないとね」

「なんで、そこまで……！」

あまりに理不尽で自分勝手な言動に、エルティシアは恐怖を通り越してどんどん腹が立ってきた。誰一人そんな理不尽な目に遭ういわれはない。

けれど、ディレーナは更にエルティシアの神経を逆なでするようなことを言った。

「だって、わたくしのグレイに近づこうとするんですもの。当然じゃない？　彼にはわたくしこそが相応しいの。あなたでもなく、あの女たちでもないわ。彼の妻の座に収まるのはこのわたくしよ。だってもともと彼はわたくしと結婚するはずだったのだから」

「なっ……、婚約を破棄したのはあなたじゃないですか！」

臆面《おくめん》もなくそう言ってのけるディレーナに、エルティシアは一瞬だけ言葉を失い、それから猛然と抗議した。

「軍人の妻は嫌だと、あり得ないと言ってグレイ様から離れたのはあなたの方です！　何を今更……！」

「だってあの時のわたくしは、彼がただの伯爵家の三男だと思っていたんですもの。でも本当は違った。あの時知っていれば決して婚約を破棄したりはしなかったわ」

「……え？」

――本当は違った……？

ディレーナの言っていることがよく分からず、エルティシアは眉を顰めた。そんな彼女をディレーナが嘲笑う。

「ふふ。やっぱりあなたは何も知らないのね。だから、ラシュター公爵の名前で簡単に呼び出されて……バカな子ね」

ディレーナはクスクス笑った後、驚くべきことを告げた。

「グレイは王族よ。先代の庶子で、国王陛下の異母弟なの。けれど、生まれた時にフリーデ皇太后に抹殺されることを恐れて、母親同士が友人だったロウナー伯爵家に養子として出されたのよ」

「え？　それって……」

その話には聞き覚えがあった。ラシュター公爵の噂話とまったく同じだ。

――ではラシュター公爵の正体は……グレイシス？

「このことは一握りの人間しか知らないわ。ロウナー伯爵の友人だったわたくしの亡き父もそのうちの一人。父はフリーデ皇太后の時代は長くは続かない、いつかグレイが王族に戻る日がくるだろうと信じてわたくしと婚約させたの。いつかそんな日がきたらわたくしが彼を支えてあげることを期待して。でもわたくしは知らなかったから、勝手に軍人になってしまったグレイに裏切られたと思い、腹を立ててしまったの。でも決してグレイが嫌いになったからではないわ」

とうとうと語るディレーナ。けれどエルティシアは騙されなかった。ディレーナが婚約を破棄した場面をこの目で見ているからだ。

「一年前、戦争が終わった直後に兄からグレイの素性を聞かされて、わたくしは後悔したわ。夫の情熱にほだされて結婚してしまったことを。夫は高齢でそのうち放っておいても死ぬだろうけれど、それまでにグレイが誰かと結婚してしまったら元も子もないもの。わたくしは急がなくちゃならなかったの」

そこで突然、ユスティス伯爵が笑い出した。

「相変わらず怖い人だ、あなたは。侯爵が死ねば子供を持たないあなたは侯爵家を追い出されるかもしれないのに」

「まさか……リュベック侯爵は……」

エルティシアは目を見開く。ディレーナは肩を竦めた。

「公爵夫人の身分が手に入るなら、侯爵夫人の座など惜しくはないわ。それにどうせここ一年病気がちで老い先短かったはずよ。お迎えがほんの少し早くなっただけ。それでグレイが手に入るなら安いものだわ」

殺したのだ、この人は。グレイシスと結ばれるのに邪魔だからと言う理由で、自分の夫を。そしてそれに何の罪悪感も抱いていない。

エルティシアはゾッと震えてディレーナから一歩後退した。

「でも、そこまでしたのに、全部あなたに邪魔されたわ」

そう言ってディレーナはエルティシアを見た。その目には、今までで一番残酷な光が宿っていた。

「昔からあなたがグレイシスに可愛がられていたのは知っていたの。でもそれは妹のようなものだと思っていたし、あなたの実家が没落していたこともあって、わたくしの知る限り接触も少なかった。だから、見逃してあげていたのに。でもこの間の夜会で二人でいるところを見て、気が変わった。あなたはグレイシスを惑わす悪い雌犬だわ。今までとは違う方法で排除しなくちゃならなかった。だからデインにあげようとしたの」

ディレーナはユスティス伯爵を示した。

「性奴隷は売れてしまえば表に出てこないわ。でもあなたの場合はそれではダメ。グレイの見えるところで夫公認の娼婦としてボロボロに堕ちてくれないと。デインはそういう遊びが――妻が他の男に抱かれているのを見たり、他人の妻を寝取ったりするのが好きなの。前の奥様はついていけず壊れてしまったけれど、あなたはもう少し楽しませてくれそう、そう思っていたのに。まさか、カトレーヌ・マジェスタを攫う現場を見られた挙げ句、グレイに匿われてしまうだなんて。とんだ計算違いだわ」

ディレーナは不快そうに顔を顰める。エルティシアは自分に待ち受けていたかもしれない未来に心底ぞっとしていた。カトレーヌ・マジェスタを攫う現場を見て記憶喪失にならなければ、今頃エルティシアはユスティス伯爵と結婚させられ、死ぬより悲惨な目にあっていたに違いない。

「軍が出てきたせいで、悠長に遊んでいる時間もなくなったの。デインも表に出られない身になったわ。それもこれも全部あなたのせい。その上、わたくしのグレイを身体で篭絡《ろうらく》して、わたくしが喉から手が出るほど欲しいものまで手に入れて――」

ディレーナの氷のような視線に、エルティシアはまた一歩後退する。

ディレーナが喉から手が出るほど欲しいものとはおそらくグレイからの、いや、ラシュター公爵からの結婚の申し込みだ。

彼女はグレイシスが王族であったことを知って、かつて自分が紙くず同然だと捨てたものが実は金の卵だと分かった。手にしていたかもしれない極上の地位をチラつかされて我慢できる人間ではない彼女は、どんなことをしても手に入れようと決意したのだ。そしてその邪魔になりそうな存在を卑怯な手で排除していった。

そして彼女が一番排除したい人間は――。

ディレーナはいきなり嫣然と微笑み、周囲の男に命令を下した。

「デイン、それからあなたたち、商品の品定めをする時間よ」

その言葉を聞いて、ユスティス伯爵以外の男たちが突然動いた。エルティシアを取り囲み、不意の出来事にびっくりしている彼女の腕を一人が摑まえ、床に引き倒した。

「放して……！」

エルティシアは悲鳴をあげてその手から逃れようとする。ところがもう一人の男にも反対側の腕を摑まれて、床に力ずくで押さえつけられてしまい、まったく身動きがとれなくなってしまった。

「やだっ、放して……！　来ないで！」

ユスティス伯爵がゆっくり自分の方に近づいてくるのを見て、エルティシアは怯え叫んだ。彼らにこれから何をされるのか分かっていた。散々ディレーナが言っていたのだから。きっと拉致された女性と同じような目に遭うのだろう。

近づいてくるユスティス伯爵の向こうで、ディレーナがクスクスと楽しそうに笑った。

「次はあなたの番よ。男たちが満足したら、娼館にでも売っぱらってあげる。ああ、でも、その前に、グレイにも男たちに汚されているあなたを見せてあげなくちゃね」

「い、嫌っ……！」

エルティシアのすぐ目の前まで来たユスティス伯爵が、エルティシアの頭のてっぺんから胸、それに腰から足と、視線を撫で下ろしていやらしそうに笑った。

「小娘は好みではないが、もう処女ではないし、『黒い狼』と夫婦同然に過ごしてきたそうじゃないか。あの男がどんなふうに仕込んでいるのか興味があるな」

ユスティス伯爵は呟きながらエルティシアに馬乗りになると、手を伸ばし、彼女のドレスの襟もとに手を掛けて乱暴に引き下ろした。

「きゃあああ！」

びりっと繊細なレースを引きちぎられる。内側のシュミーズの前身ごろごと引き下ろされ、むき出しになった白い膨らみが男たちの視線に晒された。

「いやっ、見ないで！　放して！」

エルティシアは悲鳴をあげた。

「おお、これは……！」

ユスティス伯爵が感嘆の声をもらす。他の男たちも同様で、現れた形のよい美しい胸にごくりと喉を鳴らした。

男の目を楽しませる質量を持ちながら、乳首とその周りを縁取る輪は小さく、濃いピンク色をしていた。それがエルティシアが身をよじるたびにふるふると扇情的に揺れている。けれど、男たちの欲情をより煽ったのは、その白い肌に咲いた赤い所有の印だった。ちょうど胸の内側の膨らみの部分に残されたその印は、持ち主の情欲を表すかのように、濃くはっきりと、しみ一つない白い肌を汚している。それが、嗜虐性癖を持ち合わせている彼らの欲望にますます火をつけたのだ。

「さすが、『黒い狼』を虜にしているだけはある。さぞあっちの具合もいいんだろうな。さぁ、まずはそのいやらしい胸で私たちも楽しませてくれ」

ユスティス伯爵は目を細めて再び手を伸ばすと、エルティシアの胸の膨らみの両方を掴んだ。

「いやぁぁぁ！　触らないで！」

エルティシアは叫んで身をよじった。

グレイシスが触れた時とはまったく違い、気持ちよさなど皆無だ。汗っぽい手の感触が気持ち悪くて肌が粟立つだけだった。

「ディレーナ様。媚薬を使う許可をください。この女が媚薬に狂うところを見てみたい」

印を残したグレイシスへの対抗心か、ユスティス伯爵がディレーナを振り返って懇願する。

それを聞いてエルティシアはますます恐怖に慄いた。

媚薬を使われるとどうなるのだろうか？　快楽に狂って誰でもいいから男が欲しくなるのだろうか？　そんなのは嫌だ……！

――グレイ様……！

じわりと目に涙が浮かんだ。

「媚薬？　その子には最初は使わないであなたたちに汚されて泣き叫ぶ姿を楽しもうと思っていたのだけど」

男たちの反応を面白くなさそうな表情で眺めていたディレーナだが、エルティシアの怯えように、それも一興だと思ったようだ。鷹揚に頷く。

「そうね。媚薬に狂い、嫌がっていた男たちを自ら求めた後、我に返って絶望する姿を見るのも面白そう。いいわよ。一瓶持ってきなさい」

ユスティス伯爵はエルティシアを押さえていなかった男——山でエルティシアを追いかけてきた男に持ってくるよう命じた。それに従った男が扉に向かった時、それが聞こえた。

——キィン。

扉の外で、突然剣戟《けんげき》の音が響いた。ところが何度かの打ち合いの後、また急に静かになる。

外で何が起こっているのかさっぱり分からず、男たちは顔を見合わせた。

媚薬を取りに行くように言われていた男が、恐る恐るドアに手をかけた、その瞬間——。

バンッ、と派手な音を立てて扉が開き、何かが飛び込んできた。それは出ようとしていた男とまともにぶつかり、一緒に地面に倒れこんでいく。

「なんだ?」

ユスティス伯爵がエルティシアから手を放して立ち上がる。そしてすぐ、床に倒れた手下を認めて、ギョッとした。

扉が開いた時に飛び込んできたもの——それは人間だった。従僕の格好をしてエルティシアを騙して連れてきた男で、今は目を閉じ、腹部から血を流していた。手下はその下敷きになっているのだった。

「こ、これは一体?」

だが、誰もが驚いている中、ディレーナだけは奇妙な笑みを浮かべていた。

「……来たわね。予想よりも早かったけれど、まぁ、いいわ」

その声の直後、壊れた扉から一人の男性が剣を引っさげ、泰然と入ってきた。

「グレイ様……？」

エルティシアの目が大きく開かれる。それは彼女がよく見知った人物――濃紺の軍服を身に纏ったグレイシスだった。

漆黒の髪はやや乱れていたが、琥珀色の切れ長の目は淡々と前を見据えている。そしてその端整な顔に浮かんでいるのは感情を一切排除したような表情だった。

グレイシスはまず扉の近くで折り重なっている二人を見下ろし、下敷きになっていた手下が従僕の身体を押しのけようとしているのを見て取ると、無表情のまま足を振り上げて二人の身体を蹴り飛ばした。男二人の意識はその場で沈みこみ、ピクリともしなくなる。

従僕も彼の仕業であることは間違いなく、その容赦のない攻撃に男たちは震撼した。

これが、戦場において味方には「黒い狼」と、そして敵には「黒い死神」と呼ばれて恐れられる男の姿なのかと。

グレイシスの視線が今度はユスティス伯爵に、そして、二人の男に押さえつけられているエルティシアに向かった。胸をむき出しにされた彼女を認めた彼の目に、一瞬だけ冷たい炎が瞬く。だが目を閉じ再び開いた時には抑制の利いたものへと変わっていた。

「グレイ様！」

涙の滲む目でエルティシアはグレイシスを見つめる。グレイシスは彼女の青い目と視線を合わせ、励ますようにかすかに頷くと、口を開いた。

「シアに触れていいのは俺だけだ。命が惜しければさっさと離れるがいい」

温度がまったく感じられないその声は男たちへの警告だった。けれど、それに反応したのは男たちではなくディレーナだった。彼女はくすりと笑うとグレイシスの方に歩み寄りながら言った。

「ラシュター公爵家の紋章を使えばきっとここにいらっしゃると思っていたわ、グレイ。あなたの素性を知っている人間は限られているもの。でも、いらして早々悪いのだけど、彼女を放して欲しかったら、あなたこそその剣を捨てなさい。それとも目の前で彼女を犯されたいの？」

グレイシスは表情を変えることなく冷たく答えた。

「俺がそれを許すとでも？」

それを聞いたディレーナの唇が弧を描く。

「ここはわたくしの屋敷よ。あなたが来たらすぐ通すように言っておいたからここまですんなり来られたでしょうけど、わたくしの合図一つで私兵たちがすぐここに飛び込んでくるわ。あなたは彼らと戦いながらその子を守れるかしら？」

「……何が望みだ」

グレイシスが低い声で問うと、その言葉を待っていたかのようにディレーナはにっこり笑った。

「ようやく人の話を聞く気になったかしら？　わたくしの望みはたった一つ。あなたの妻になることよ、グレイ。あなたがわたくしのものになると誓うなら、その子は解放してあげるわ」

「グレイ様、騙されないで！　受け入れてはだめ！」

エルティシアは叫んだ。ディレーナがエルティシアを解放するなんて絶対に嘘だ。彼女はエルティシアの存在を見逃すはずはない。きっとこれからもグレイシスを良いように動かすための駒にするだろう。

「絶対にその人と結婚してはだめ！」

「黙れ！」

ユスティス伯爵がエルティシアの口を手で塞ぐ。その瞬間グレイシスの琥珀色の目が怒りに煌いたが、誰もそれに気づくことはなかった。

「さぁ、グレイ。あの子を助けたいならわたくしをあなたの妻にすると誓いなさい」

「んーっ、んーっ！」

エルティシアは顔を左右に振ってユスティス伯爵の手を振りほどこうとした。ディレーナにだけはグレイシスを渡したくなかった。

「断る。俺の妻になる女性はシアだけだ」

彼女の耳に、グレイシスの敢然とした声が響く。

――グレイ様……！

エルティシアの目から涙がポロリと零れるのと同時にディレーナの激昂した声があがった。

「何ですって!?　その子がどうなってもいいというのね!　分かったわ、あなたの目の前で私兵たちにくれてやるわ!」

――リーン、リーン。

ディレーナは、いつの間にか手にしていた鈴を鳴らす。澄んだ鈴の音が空気を震わせた。それが私兵への合図だということはすぐに分かった。エルティシアはユスティス伯爵に口を塞がれたまま扉から私兵が現れるものと覚悟した。

――私はどうなってもいい、でも、グレイ様だけは誰か助けて……!

壊れた扉に人影が現れる。けれど、そこから入ってきたのはやわらかな金髪をみつあみに結った軍人――フェリクスだった。彼は唖然とするディレーナににやりと笑ってみせた。

「残念だったね。君の私兵はすべて押さえたよ。残すは君たちだけ。言っておくけど、今までのように侯爵家や金の力でもみ消そうとしても無駄だよ」

「……なっ……」

そしてフェリクスの出現と共にグレイシスが動いていた。剣を持ったまま音もなく瞬時に距離を詰めると、エルティシアにのしかかっていたユスティス伯爵の顔を蹴り飛ばし、同時にエルティシアを拘束している二人の男を一瞬のうちに薙ぎ倒す。

「ぐあああ!」「ぐっ……」

あまりに速い動きに、男たちはまったく反応できなかったようだ。気がつくとエルティシアは解放されていた。

グレイシスは鼻と口から血を流して這いずるユスティス伯爵を追い詰める。

「ゆ、許してくれ！　頼む」

来るなとでもいうように両手を伸ばしているユスティス伯爵を冷たく見下ろした後、グレイシスは剣を振り下ろした。エルティシアは思わず目を閉じて顔をそむける。

「ぐあああああ！」

ユスティス伯爵の苦悶の声が響く。だが、グレイシスの剣はユスティス伯爵の命を奪うことはなかった。

「お前から証言を引き出す必要があるからな。ひとまずは生きていてもらわなければ困る。だが、目と腕の腱は断らせてもらった。万一処刑は免れても、人の妻にその薄汚い手で触れることはおろか、もう二度とその目で見ることもできないだろう」

ユスティス伯爵が目から血を流し、腕を抱えてのたうちまわっていた。

「シア。よく頑張った」

「グレイ様……」

エルティシアは、グレイシスが自身の上着で彼女をくるんで抱き上げるのを呆然と受け入れていた。一度に色々なことが起こったせいで、頭がついていかなかった。

グレイシスはそんな彼女の頭のてっぺんにキスを落として囁く。

「今は何も考えなくていい、ひとまず家に戻ろう」

「家……」

家と聞いてエルティシアが思い浮かべるのは実家のグリーンフィールド邸ではなく、王都郊外にあるグレイシスの屋敷だった。大好きな人たちがたくさんいるあの家が、いつの間にかエルティシアにとっての我が家になっていたのだ。

ぼんやりしているエルティシアにグレイシスは表情を緩める。それはこの部屋に入ってから、グレイシスが初めて見せた笑顔だった。

「俺の屋敷に決まっている。あなたは俺の妻なんだから、夫がいる場所があなたの家に決まっているだろう？」

「妻……夫……」

あれは偽りの結婚だったとか、まだ実際には妻になってないとか、ラシュター公爵は本当にグレイシスだったのかとか。色々聞きたいことがある。けれど、この時の彼女がようやく口にできたのはこの言葉だけだった。

「連れて帰ってください、グレイ様。私たちの家へ」

「ああ」

グレイシスはエルティシアを抱き上げたまま、戸口へ向かった。エルティシアはグレイシスに夢中でフェリクスと彼の部下たちがディレーナたちを拘束していたことにこの時まで気づかなかった。

兵士たちの前をエルティシアを抱えたグレイシスが通り過ぎようとした時、ディレーナの口から弱々しい声が漏れた。

「グレイ。助けてちょうだい。あなたとわたくしの仲じゃない。わたくしはあの男たちに利用されていただけよ」

グレイシスはピタッと足を止める。エルティシアを大事そうに抱えたまま、ディレーナの声に小さく震えた彼女の背中を慰めるように撫でて振り返った。

「訂正してもらおうか。君と俺との間には何もない。確かに以前婚約をしていたことがあるがそれだけだ。君の父親である前伯爵への義理のために受け入れたに過ぎない。だから君が婚約を破棄してくれた時、本当は心底安堵したよ。君が俺のことを『もうこれで他人』と言ったのが、どんなに嬉しかったことか。……遅くなったが礼を言う」

グレイシスは冷たく告げると、二度と振り返ることなく扉を出て行った。

＊＊＊

エルティシアを抱きかかえたままリュベック侯爵邸を出たグレイシスは、そのまま馬で王都郊外にある彼の屋敷に向かう。

馬上で彼の胸にもたれていたエルティシアは、むき出しになった胸に冷気を感じてぶるっと震えた。身体に巻きつけたグレイシスの軍服の上着の隙間から風が入り込んでいた。

それに気づいてグレイシスが気遣わしげに見下ろす。

「寒いのか？」

「だ、大丈夫です」

けれど、グレイシスは誤魔化せなかったようだ。

「屋敷に戻ったら風呂に入ろう。そこで嫌なことは洗い流すんだ」

グレイシスはエルティシアの震えの原因を正確に見抜いていた。エルティシアは目を潤ませながら頷く。

エルティシアの震えは寒さばかりのせいではなかった。グレイシスから借りた上着の下がどうなっているか思い至ったとたん、男たちに摑まれて、服を破かれて胸を晒され、その上ユスティス伯爵に触れられたことまで思い出してしまったのだ。そうなるとあの薄汚い手の感触まで蘇ってしまい、震えが止まらなくなってしまった。

触れて欲しいのはグレイシスだけなのに、キスマークまで見られた上に、触られた。自分が汚れてしまったように思えてならなかった。

グレイシスはエルティシアを一瞬だけ強く抱きしめると、顔を上げた。

「少し急ぐ。しっかり摑まってろ」

合図を受けて二人を乗せた馬が元気よく走り出した。

屋敷に辿り着くと、すぐさまグレイシスはエルティシアを抱き上げ、屋敷に入っていく。

「お帰りなさい、准将、そして奥様！」

屋敷の主人の帰宅を聞きつけた使用人たちが集まってきた。グレイシスの腕にエルティシアがいることで、みんな笑顔だ。

エルティシアの目から涙が零れ落ちる。奥様と呼ばれる立場ではない上に、みんながエルティシアに真実を告げなかった。だから本当はお芝居の延長でエルティシアを我慢してくれていたのではないかと思っていたのだが、今のみんなの自分を見る目は、前と少しも変わらず親しげで温かかった。

「みんな……ただいま……」

エルティシアが本格的に泣き出してしまいそうになった時、グレイシスが口を挟んだ。

「感動の再会は後だ、今すぐ風呂の用意を」

執事のレーンが前に進み出た。

「では、部屋に運ばせますか？」

エルティシアとグレイシスの部屋の近くには屋敷の主専用に、小さな浴槽の置かれた小部屋がある。だが、グレイシスは顔を横に振った。

「いや、それだと湯を運ばせる手間がかかる。直接湯殿の方に連れて行く」

「それでしたら、すぐご用意できます。今の時間帯は誰もあそこを使いませんし」

「しばらくは誰も使用禁止だ。リーナ、シアの服の用意を」

「はいっ！」

リーナが元気な返事をして、満面に笑みを浮かべながら嬉しそうな足取りでエルティシアの部屋に向かった。

グレイシスがエルティシアを抱えたまま向かった先は、湯殿と呼ばれる大きな浴槽がある部屋だ。

近接する森には温泉が湧き出ていて、そこから管を通して毎日新鮮なお湯を屋敷の中のその浴槽に引き込んでいるのだ。引き込んだお湯は、入浴はもちろん洗濯や掃除などの生活用水として用いられる。グレイシスたちが使っている小さな浴槽にはそこから湯を運ばせて使っていた。だが、今はそんな手間も惜しい。

湯殿についたグレイシスは、エルティシアを下に下ろすとすぐに彼女の服を脱がせ始めた。

「あ、あの、自分でできます、からっ」

そんなエルティシアの抗議も無視して、グレイシスは自分が着せた上着、胸元が破かれたドレス、シュミーズ、ドロワーズと、どんどん彼女の身体から服を剝ぎ取っていく。とうとう一糸纏わぬ姿にされたエルティシアは慌てて胸を両手で押さえて、その場にしゃがみ込んだ。

「グ、グレイ様、やっ、見ないでくださいっ」

顔を真っ赤にさせて叫ぶエルティシアに、グレイシスは口の端を吊り上げた。石鹸《せっけん》を手にしながら笑いを含んだ口調で言う。

「何を今さら。この一か月の間、俺はあなたの裸を見るどころかそれ以上のことをしていたと思ったが?」

「それは、そうですがっ」

エルティシアの顔の紅が更に色を増す。確かにグレイシスは見るどころか彼女の身体の至るところに触ったりキスしたりした。だがそれは主に薄暗い闇の時、ベッドの上でのことだ。今までいっしょに風呂に入ったことはない。こんな昼間の明るい中で全裸を晒したあげく、身体を洗うところを見られるのは抵抗があった。

けれど、グレイシスはますます笑みを深くする。

「慣れるんだな。これが最後じゃないし、今後こんなことはいくらでもあるだろう」

その意味深な言葉に顔を上げたエルティシアは、グレイシスが手に石鹸をつけて泡立てているのに気づいて、言葉を失った。グレイシスが何をしようとしているのかようやく理解できたからだ。風呂に連れてきただけじゃない。彼は自分の手でエルティシアを洗おうとしているのだ!

「グレイ様、私、一人で洗えますっ。洗えますからっ」

首を横に振りながらお尻で後ずさるエルティシアに泡だらけの手が迫る。とっさに背中を向けて逃げ出そうとしたが、立ち上がりかけたその瞬間に後ろから腰に手を回され、動けなくされてしまう。

「あなたの身体からあの男の痕跡《こんせき》すべてを綺麗さっぱり消してやる」

グレイシスがエルティシアの耳に舌を這わせながら囁いた。

「あなたは俺の手の感触だけ覚えていればいい――」

泡に塗《まみ》れた手が、胸の膨らみを捕らえた。

「あ……や、あ……」

その手は最初こそ泡を肌に広げていたが、すぐに変化する。泡に塗れた手が片方の胸の膨らみを捕らえ弾力を確かめるかのようにふにふにと揉みしだく。

「ここも、しっかり洗わなくてはな」

そんなことを言いながら、尖り始めた先端を指先が捕らえ、泡をすり込んでいく。ぬるぬるとしているせいか、いつもより敏感に感じてしまい、エルティシアの口から鼻に抜けたような声がもれた。

胸の先端から甘く痺れるような快感が身体全体に回っていく。

「はぁ、ん、んっ……」

腰に回したもう片方の手が、エルティシアの下腹部を円を描くように撫でる。高まり始めた熱を煽るかのように。時折、その手が更に下に伸びて戯れに金色の薄い茂みを掠め、疼き始めた敏感な部分を意識させるのが憎らしい。けれど、エルティシアに抗議する余裕はなかった。

「……ふ、んんっ、はぁん……だめ……」

エルティシアの口から甘い声が上がる。ダメだと言いながらその艶を含んだ声音はまったく正反対のことを告げていた。四日ぶりにグレイシスに触れられたのだ。恥ずかしいと思いながらも、望みのものが与えられた身体は熱く火照《ほて》り、その喜びを示すように高らかに欲望の歌を奏でていく。

奥からどっと蜜が溢れていくのが分かった。手足の力が抜けて立っていられなくなり、ずずっと床に崩れ落ちていく。グレイシスは受け止めながらも彼女と一緒にタイル張りの床に跪き、エルティシアの上体を倒して四つん這いにさせると、再び石鹸を手に取った。そして泡だらけになった手をエルティシアの滑らかな背中に滑らせていく。

「……ふぁ、あ、くぅん……」

もちろん、ただ塗りたくるだけではない。敏感な背筋を官能的にすっと撫で下ろし、エルティシアに声を上げさせることも忘れない。そして背中を反らせ、そのせいで更に突き出す形になった双丘に手を伸ばしていった。白くて丸い柔らかな肉がグレイシスの手で揉まれ、摑まれ、そして押し開かれていく。

「ふ……ん、んっ」

エルティシアは我が物顔でお尻を愛撫する手に、内股をぷるぷると震わせた。

しばらくして、柔らかな肉を堪能した泡だらけの手が、そっと割れ目に伸ばされていく。その指が後孔のすぼまりに触れるのを感じたエルティシアはビクンと身体を跳ねさせた後、うろたえた様な悲鳴をあげた。

「やぁ、グレイ様、そこはっ……あ、ああっ、だめ、触らないで！　き、汚いから……！」

けれどグレイシスはそのすぼまりにくるくると円を描きながら、泡を塗りこめていく。

「汚くなんてない。綺麗だ。それに触れないと洗えないじゃないか」

笑いを含んだ声で囁き、その小さな穴の入り口を弄ぶ。エルティシアはそのたびに腰をびくんと震わせ、それに合わせて目の前でふるふると扇情的に揺れる双丘をグレイシスは楽しんだ。

「……んっ、そ、そこは、やぁ……お願い、やめ……」

触れられるとずくずくと疼いた。エルティシアは蜜壷に触れられた時とは異なる感覚に怯えながら目に涙を浮かべて訴える。するとグレイシスの指が後孔から離れた。けれどホッとしたのもつかの間、その指が前へと滑り、ふっくらと赤く色づいた花弁を捕らえる。

エルティシアは息を呑んだ。

蜜を湛えた秘裂に泡だらけの指がつぷんと差し入れられたと同時に、いつの間にか前に回されていたもう片方の指が、泡を纏ってエルティシアの敏感な花芯を捕らえていた。

「あ……っ、あ、ああっ！」

エルティシアは悲鳴をあげ、涙を散らしながら背中を反らせた。剝かれて赤く腫れ上がった突起に、ぬるぬると滑る指が纏わりつく。そのすぐ下では蜜と泡をまるで混ぜるかのように、二本の指がぬちゃぬちゃといやらしく蠢いていた。

「ああっ、ん、んんっ、はぁ、あ、あああ！」

弱い部分を同時に責められてはたまらない。エルティシアは急速に追い上げられ、頤を反らしながら白い波に呑み込まれた。

「あ、あ、っあ、ああ、あああぁ……っ！」

湯殿にエルティシアの甘い嬌声が響き渡る。汗と泡に塗れた身体がびくんびくんと痙攣した。胎内から蜜がどっと溢れ、グレイシスの手を濡らしていく。

「……んぁ、あ、ン、ん、ふ……」

エルティシアはタイルに突っ伏して、絶頂の余韻に身体を小刻みに揺らす。グレイシスはそんな彼女の身体を丹念に洗っていった。足の指の一本一本に至るまで石鹸を塗った後は、放心するエルティシアを片手に抱きとめながら、お湯をかけて泡を流していく。

全身をグレイシスの手で洗われ、火照った身体を彼に預けるエルティシアの中にはすでに、ユスティス伯爵によって胸を摑まれたことや、その感触は残っていなかった。グレイシスは言った通り綺麗さっぱり消してくれたのだ。彼が上書きすることによって。

グレイシスはエルティシアの濡れた胸を優しく掬い上げながら、頭を下げて唇で触れた。

「んっ……」

びりっとした痛みが肌を走り、ぼうっとしていたエルティシアを正気づかせる。見下ろすと、グレイシスが、まだ色濃く紅色が残っていた彼の所有印の痕に、再び口付けていた。

「ぐ、グレイ様……？」

「薄くなりかけているからな。上書きだ」

顔を上げて艶やかに笑うグレイシスに、エルティシアはクラクラとした。だがそこで、自分がもたれている彼の服がすっかり濡れていることに気づいて慌てて身体を起こす。

「グ、グレイ様！　軍服が、濡れてしまって……ごめんなさい」

「濡れるのは構わない。風呂に入るのに、どうせ脱ぐつもりだったしな」

「え？」

目を丸くするエルティシアをよそに、立ち上がったグレイシスはその場で濡れた服を脱ぎ始めた。ブーツに、靴下、シャツに続いて濃紺のトラウザーズとすべてを剝ぎ取ると、彼はそれをエルティシアのドレスと同じように、湯殿の入り口にある籠の中に放り投げていく。

エルティシアは浴槽にもたれかかりながら、次第に現れてくる肉体を恥ずかしげに、それでいて目が離せない様子で見ていた。今まで闇の中でなら何度も見たが、こうして明るい場所でグレイシスの身体をはっきり見るのは初めてだった。

適度な筋肉のついた身体は、女性なら誰でもうっとりとなるだろう。ところどころ白く引きつったような傷があるが、エルティシアはまったく気にならなかった。なぜならそれは、彼がこの国を今まで身体を張って守ってきた証であり、軍人として勲章にも等しいものだと分かっていたからだ。

エルティシアは均整の取れた上半身を熱のこもった目で見つめていたが、下半身に視線を移し、トラウザーズが脱ぎ捨てられると共に露わになったその部分に息を呑んだ。思わず見入ってしまった後、慌てて視線を逸らす。だが、すでにそれは目に焼きついてしまっていた。

浅黒く血管の浮き出た怒張は、まるで別の生き物のように天を向いていた。普段滅多に表情を変えることがなく、堅物だと言われているグレイシスのものであるとは今でも時々信じられないくらいだ。だがこの一か月ものあいだ、グレイシスはそれで散々エルティシアに悦びをもたらし、時に狂わせ、絶頂に導いてきた。まだ直接触ったりする勇気はないけれど、それを見て怖くなったりはしない。それどころか、エルティシアの身体に触れて興奮しているのが分かって、子宮がきゅんと疼いた。

――グレイ様が欲しい。

三日前、別れた時からずっとずっとこの時を望んでいたのだ。エルティシアはごくりと喉を鳴らし、達したにもかかわらず再び熱を持ち始めた身体の命じるままに、グレイシスに手を伸ばそうとした。だが、不意にディレーナの妖艶な姿が脳裏によぎり、ハッと手を戻す。

そうだ、自分にはまだ彼に色々聞かなければならないことがあるのだ。このまま抱かれてしまえば、いつものように自分は彼の与える悦楽以外何も考えられなくなる。そして、今までのことを考えたら、それは一度で終わらず、繰り返されるだろう。そうなってしまっては次に尋ねるのがいつになってしまうことか……。

エルティシアは、手を伸ばして抱き上げようとするグレイシスの胸を押さえた。

「ま、待ってください、グレイ様。話を、先に話をさせてください！」

だが、グレイシスは構わず彼女を抱き上げると、そのまま浴槽に連れて行く。浴槽はゆうに大人が五人入れるくらいの大きさがあった。

「……え？」

てっきりそのまま床で抱かれるものと思っていたエルティシアは面食らう。グレイシスはエルティシアを摑んだまま、なみなみとお湯の張られた浴槽の中に入ると、自分の膝の上に彼女を引き寄せた。いつの間にやらグレイシスの胸に背中を預ける形で座っていたエルティシアは、きょとんとする。

「え？　あの……？」

「今すぐ抱くと思ったか？」

くすっと頭上で笑う声がした。

「だが、風呂に入るのが先だ。あなたの身体が冷えてしまうからな」

「冷えるなんて……」

エルティシアは頬を染めた。冷えるどころか高められた身体の熱は上がる一方だったというのに。

「もちろん、抱くことには変わらないが……」

「んっ……」

後ろから回された手に胸の膨らみを下からすっと掬われ、首から肩にかけてのラインをつーっと舌で舐められたエルティシアはびくんと身を震わせた。その振動でお湯がぴちゃんと跳ねる。先ほど散々弄られた肌は敏感で、たったそれだけで震えるほどの快感をもたらす。ほんの少しの愛撫で我を忘れてしまいそうだ。でも今は……。

「グレイ様、お願い、話を……」

エルティシアが喘ぎながら懇願すると、グレイシスは頭をあげてエルティシアの胸から手を離す。

「分かっている。それから彼女を後ろからそっと抱きしめ、自分にぴったりともたれかけさせた。あなたが聞きたい話とは……ラシュター公爵のことか？」

エルティシアはこくんと頷き、グレイシスを仰ぎ見る。

「あの人が言っていました。ラシュター公爵は……」

「ああ、俺だ」

グレイシスは頷いてはっきりした口調で告げた。

「俺の本当の母親はロウナー伯爵夫人ではなく、前国王陛下の側室だった女性だ。生まれてすぐロウナー伯爵夫妻の養子として引き取られた。そのあたりの事情は……まぁ、噂になっている通りだな」

フリーデ皇太后の魔の手から命だけは守ろうと、王とその周辺だけで秘密に行われた養子縁組みだった。同盟の証として嫁いできたフリーデ皇太后（当時は王妃）を排除するわけにはいかず、けれどその気の弱さと病弱だったことから彼女を抑えることができなかった前王の、苦肉の策だったのだ。

　ロウナー伯爵の家が養子先として選ばれたのは、母親同士が親友だったためと、伯爵が前王の侍従を何年か務めていた関係で信頼が厚かったからだ。

　もちろん、フリーデ皇太后がグレイシスの存在を知らなかったわけではない。妊娠をいくら隠しても、隠し通せるものではないからだ。にもかかわらずグレイシスが無事だったのは、養子縁組みの際に前王が彼の王位継承権を正式に放棄させていたのと、グレイシスの母親の身分が低かったためだ。フリーデ皇太后は自分の息子である皇太子の座を脅かすほどではないと判断し、黙殺することにしたのだ。

「だが、まったく狙われなかったわけじゃない。偶然を装って何度か命を狙われたことがある。向こうが何が何でも本気で排除しようとしたわけじゃなかったことと、父と兄たちが必死になって助けてくれたからこそ、何とかこうして無事だがな」

　グレイシスの身体にはその時傷つけられた古傷もいくつか残っているのだという。彼は軽く言っているが、油断したら命がない生活をしていたことは確かなようだ。

「そのこともあって、俺は軍隊に入隊できる年齢になったらすぐに入ろうと心に決めていた。自分の身は自分で守るためだった。それと……あの女を振り切りたいという思惑もなかったわけじゃない」

　グレイシスはすっと目を細めて厳しい口調になった。エルティシアには「あの女」が誰のことを指すのかすぐに分かった。当時、婚約者だったディレーナだ。

「彼女は、あなたが王族だったことはずっと知らなかったんでしょう?」

「ああ。だからいつだって不満たらたらだったよ。どうしてうだつのあがらない三男坊に自分が嫁ぐんだと、終始人を見下した態度だった。ただ、彼女の父親には生前とても世話になったから、こちらから断るわけにはいかなかった」

ディレーナの父親がグレイシスのことを知る立場になったのは、当時の前王の側近としてこの件に最初から関わっていたからだという。彼は本来なら王子として生活できるはずだったグレイシスを何かと気にかけてくれた。そして成長してくるにつれ、今度は彼自身の資質を買って、自分の娘と婚約しないかと持ちかけてきたのだという。

「あの人は親ばかだったけれど、娘の性格や気質を知らなかったわけじゃない。享楽に流れる性質の娘の手綱を引けそうな男として俺に白羽の矢を立てたようだ。と同時に、娘に多額の持参金をつけることで、俺の助けになるように取り計らおうとしたんだ。……だが、俺はどうしても彼女を受け入れがたかった。だから……」

そう、その後はエルティシアも知っている。グレイシスが軍人になったことで、ディレーナは腹を立てて彼との婚約を破棄した。社交界の催し物で会っても彼をずっと無視していた。グレイシスはこれで縁は切れたものと思っていたのだ。

「だが、彼は後継者である息子にはどうやら本当のことを告げていたらしい。現伯爵はずっと妹には黙っていたんだが、戦争が終わり、フリーデ皇太后が失脚をした安堵から、妹の前でうっかりそのことを口にしてしまったのだそうだ」

そしてグレイシスはそれ以来、彼女に纏わりつかれるようになる。

「だがまさか、あんな手を使って気に入らない女性を排除しようとするほど歪んでいたとは今日まで分からなかった。……あなたが狙われたのは俺のせいだ、すまない、シア」

グレイシスは呟いて、ぎゅっとエルティシアを抱く腕に力をこめた。エルティシアはそのぬくもりを背中に感じながら首をふる。

「いいえ、グレイ様。グレイ様のせいではありません。だって、本当はラシュター公爵になんてなりたくなかったのでしょう？」

彼は実直で、まさに軍人となるべく生まれてきたような男だ。公爵という、高い身分の貴族として生きる道は彼には似合わない。だからこそ「グレイシス＝ラシュター公爵」であるなどと少しも思いつかなかったし、知った今も違和感は拭えない。

それに社交界ではまったく顔を見せず、ラシュター公爵が未だに謎のままであることが、グレイシスの気持ちを物語っていた。きっとこの事件に巻き込まれなかったら、エルティシアは一生知ることはなかったはずだ。

「そうだな。公爵と名乗ることはあり得ないと思っていた……」

グレイシスはどこか遠い目をした。彼自身、ずっと「グレイシス・ロウナー」として生きるつもりだったのだろう。

「それがどうして……？」

「陛下のせいだ」

グレイシスはため息を吐いた。

「陛下がほとんど強引に俺の復権を認め、ラシュター公爵の地位を押し付けてきたんだ。俺は散々そんなものは必要ないと申し上げたんだが……」

「陛下が強引に……？」

エルティシアの目に、優しげな風貌をした国王の姿が浮かんだ。遠目から見たことのある国王は、強引にグレイシスに公爵の地位を押し付けるようにはとても思えない。

「外見は優男だが、陛下はあれでかなり強《したた》かな方だ。兄弟の情はあろうが、それだけで俺に公爵位を押し付けたわけじゃない。陛下は独身で子供がいない。今陛下に何か事が起きたら混乱は必至だ。誰が王位を継ぐかで揉めている間に諸外国に攻められて終わるだろう。それを避けるために、もしもの場合は王になって国を治めることのできる人間がどうしても必要だと」

グレイシスはそう言って肩を竦めた。

「俺を復権させることは自分にとって火種にもなりかねないわけだが、あの人は根っからの統治者でな。たとえ自分が追い落とされようが、この国がそれで存続していれば構わないそうだ。まったく、誰が王になどなりたいものか。俺たちは今のままで満足している。だからラシュター公爵は名前だけの存在のまま、一代で終わるはずだった。……だが」

エルティシアの頭のてっぺんに唇を押し当てて、グレイシスはくぐもった声で囁いた。

「今は陛下に感謝したい。あなたを手に入れるために『ラシュター公爵』の名前は大いに役立った」

「え？　私？」

「そうだ。あなたの父上はユスティス伯爵より有利な条件を示せば必ずそっちに転んでくれると思った。実際その通りになった。エルティシア・グリーンフィールド伯爵令嬢はラシュター公爵に嫁ぐ。陛下の許可も得た。もう誰も覆せない。あなたは……俺のものだ」

グレイシスはうなじにキスを落としながら囁く。エルティシアはぞわぞわと官能の疼きが背筋を走るのを感じた。

「出生のこと、年の差があること、軍人でいつ死ぬかわからない身であること。どれ一つとっても、あなたに近づかない方がいいことは分かっていた。平穏な生活を与えてくれる男の方があなたには相応しいと思っていたからだ。それに、あなただけじゃなくて、俺は誰とも結婚するつもりはなかった。けれど、それもあなたがユスティス伯爵という下種《げす》に嫁がされると知るまでだ」

「んっ……」

エルティシアの耳朶に歯を立てながらグレイシスは熱っぽく告げた。

「あの次の朝、フェリクスからあなたの縁談を聞かされた瞬間、すべてが吹き飛んだ。ためらいも、迷いも、何もかも。あなたをどんな手を使っても手に入れると決心したよ。そう……あなたの記憶喪失を利用してもね」

グレイシスはエルティシアの下腹部に手を滑らせて平らなそこを撫でる。

「あなたが俺を夫だと思っている間に、あなたの身体に快楽を植え付け、孕ませるつもりだった。あなたが記憶を取り戻しても俺から離れられなくなるように」

「グレイ様、だったら、なぜ……？　どうして、記憶を取り戻したのが分かった後、私を家に戻したの？」

エルティシアの目に涙が浮かぶ。グレイシスがエルティシアを大切に思ってくれているのは分かった。けれど、だったらなぜあの時戻したりしたのか。三日前のことを思い出してエルティシアは嬉しさの中に悲しみが差し込むのを感じて、たちまちそれに支配された。

「夫婦同然に暮らしたのに、なぜ……？」

「シア……」

「それに、ずっとここ数年、私に触れてもくれなかった！　ダンスに誘っても断られて、なのに、あの人とは踊って……。私がどんなに苦しくて悲しかったことか……！」

堪えていたものがまるで堰を切ったかのように溢れ出してきた。彼女は傷ついていた。いくら親しくされていても、触れようとするたび避けられるのでは、そこに好意があるとはとても思えなかった。

「シア、すまない……」

グレイシスはエルティシアの顔を上げさせ、震える唇にキスをした。

「あなたを一旦家に戻したのは、この屋敷での生活が偽りの上に築かれたものだったからだ。あなたは記憶を失い、教えられたまま偽りの夫婦として俺と閨を共にするようになった。でも所詮《しょせん》偽りは偽りだ。長く続かないことは分かっていた。だから、一度すべてを終わらせる必要があった。新しく真実の関係を築くために。それにあなたには俺と一度離れてゆっくり考える必要があると思った。だから手放した。……まぁその頃にはラシュター公爵としてあなたを手に入れる手はずが整っていたからでもあるが。それと、俺があなたに触れなかった理由だが……」

そう言ってグレイシスはエルティシアの胸をきゅっと摑むと、ぷっくり膨らんだ先端を指で扱いた。

「ああっ、んっ」

突然与えられた快感に、エルティシアは背中を反らし、ビクンと腰を揺らした。

「本当に分からないのか？　あなたと夫婦として生活している間、傍にいる時はずっとあなたに触れずにいられなかった俺を見ても、理解できないのか？」

もう片方の手がエルティシアの秘裂に向かい、蜜を湛えた穴にぐっと指が押し込まれる。

「あ、ああっ、ん、んぅ！」

「触れたらこうなると分かっていたからだ。一度でも触れてしまうと箍《たが》が外れてあなたに襲いかかってしまうと分かっていたから。だから触れるのを避けていた。あなたを俺の劣情から守るために。でも……」

グレイシスは蜜壷に入れていた指を抜くと、エルティシアの膝の裏を掬い上げ、彼女の身体を持ち上げて、そして――。

──ずんっという衝撃と共に、エルティシアは一気にグレイシスの猛った楔によって貫かれていた。

「あ、あっ、ああっ、あっ、ああっ！」

湯殿に響いた嬌声と共にばしゃんと水面が揺れた。エルティシアは背中を反らし、グレイシスの肩に頭を押し付ける。浴槽に入る前に散々甚振《いたぶ》られたそこは蜜を湛えていて、解されていたおかげで、奥まですんなりグレイシスを受け入れていた。お湯の中なのに、ぬるんと粘膜をまとい彼の楔を熱く締め付ける。

彼は浮力を利用し、タイミングよく腰を打ち付けながらエルティシアの中を穿った。

「そんな俺の理性を引きちぎったのは、あなただ。せっかく俺が自分からあなたを守ろうとしていたのに。俺を煽り、純潔を奪わせた。あなたが、俺を選んだ」

「んんっ、あ、あ、あンっ、ん、ぁああっ」

エルティシアの桜色の唇からひっきりなしに甘い悲鳴があがる。二人の周囲でお湯がばしゃんばしゃんと激しく波打った。

「だからもう遠慮はしない。あなたは俺のものだ。逃がしはしない。嫌だと言っても離さない」

「あ、あぁぁ、んんっ、はぁ、はぁ、ん、んっ、グレイ……様ぁ……！」

ずしんずしんと突き上げられながら、エルティシアは胸の奥から湧き上がる衝動に素直に従った。首を動かし、喘ぎながらキスを求める。

「んんっ、グレイ様、キス、して……っ」

グレイシスはその求めに応じてエルティシアの桜色の唇を貪った。まるで噛み付くような、吐息すら奪うようなキスだった。けれどそれこそがエルティシアの求めていたものだ。

――自分はこの人のもの。そしてこの人は……自分のものだ。

「んぅ、んっ、んんっ、ん」

口を塞がれながら、ずんと奥まで穿たれる。感じる場所を激しく擦られて媚肉が妖しく蠢きグレイシスの肉茎を熱く締め付ける。

グレイシスの手が膨らみを揉みしだき、尖った先端を指で転がされた。その新たな刺激をエルティシアの身体は貪った。じんじんとした疼きが身体全体に広がり、熱く蕩けていく。エルティシアはぼうっとなりながらも再び大きなうねりが自分に押し寄せているのを感じていた。

「んっ、む、んぅ、んん、んっ」

咥内を塞がれ、逃げ場を失った灼熱《しゃくねつ》が身体を駆け巡る。せりあがってくる予兆に、内壁がきゅうっと締まり、グレイシスの楔を扱きあげる。

「っ……」

声にならない呻きをエルティシアの口の中に放ったグレイシスは、より激しくエルティシアを穿った。ばしゃばしゃと波打ったお湯が浴槽から零れ落ちていく。けれど二人ともお湯のことなど頭になく、お互いが奏でる欲望のリズムを夢中になって貪った。

「ぁん、ん、ふぁ、んっ」

グレイシスの打ち付ける律動がもっと激しくなる。エルティシアはその動きに揺さぶられながら、身体の奥から這い上がってくる波に、ぶるぶると身体を揺らした。

その、エルティシアの絶頂を感じ取ったかのように、いきなりグレイシスが唇を離して、熱い吐息とともに言葉を送り出す。

「っ、シア、あなたを愛している」

荒れ狂う波に揺さぶられながらそれが耳に入ったとたん、エルティシアの中で何かが弾けた。頭のてっぺんからつま先まで強烈な快感が突き抜け、視界が白く染まる。

「あっ、ああっ……。わ、私、も、愛してま……あああっ！」

エルティシアは甘い悲鳴をあげながら背中を反らし、グレイシスの腕の中で絶頂に達した。

「……くっ」

グレイシスは熱く締め付けてくる媚肉の動きに抗うことなく、エルティシアの細い腰を摑んで一際強く叩きつけると、歯を食いしばりながら彼女の胎内に白濁を流し込む。

エルティシアはグレイシスの上でびくびくと震えながら、浸かっているお湯よりも熱いものがお腹の奥に広がっていくのを感じた。

「あ……ふぅ、ん……ん……」

うつろな視線を空に向け、薄く開いて浅い呼吸を繰り返すエルティシアの唇を、吐精を

終えたばかりのグレイシスの唇が塞いだ。

「ふぁ……ん、ん……」

それは触れるだけの優しいキスだった。なのに、達したばかりの身体に甘い疼きが走る。お湯の中でエルティシアのつま先がきゅっと丸まった。

「シア」

掠れた声でグレイシスが囁く。

「十六歳になったばかりのあなたの瞳を覗き込んだあの日、まだ子供だと思っていたあなたに俺は劣情を抱いた。それが許せなくて、あなたに触れることを禁じていた。……でも、本当はいつだって、こうやって触れたかった」

すっと伸ばした手が、未だにグレイシスを受け入れたままの花弁をそっとなぞる。

「ふぁ……！」

エルティシアはグレイシスの唇のすぐ真下で、甘い喘ぎ声を漏らした。

「この腕の中で乱れさせ、自分だけのものにしたかった……こんなふうに」

「はぁぁん！」

指が蜜壷の上にある充血した突起を捕らえる。エルティシアの身体がビクンと揺れた。

「グレイ様……」

エルティシアは潤んだ瞳でグレイシスを見上げる。熱がこもった琥珀色の目と合い、彼女はおさまりかけた熱が瞬く間に戻ってくるのを感じた。彼女の胎内で、彼もまた力を取り戻していくのが分かる。

「グレイ様。私を、あなたのものにして……全部、あなたに捧げるから」

無意識のうちに誘うように濡れた唇を薄く開いて、エルティシアが囁く。それを見たグレイシスの唇が弧を描いた。

「やっぱりあなたは俺を煽るのがうまい」

笑みの形のまま、グレイシスの唇が落ちてくるのを見て、エルティシアはそっと目を閉じた——。

エピローグ　狼の渇愛

ディレーナやユスティス伯爵が逮捕されてから半月後――。

事後処理も終わり、すっかり落ち着いたグレイシスとエルティシアの二人は、屋敷の近くの森を久しぶりに散策していた。穏やかな日差しと明るい森の道は、半月前と少しも変わっていなかった。ただ、一つあの時と違うのは、今は二人きりではなく、フェリクスとライザの二人が少し離れてついてくるところだった。

「ライザ嬢は俺があなたと二人になったとたんに所構わず押し倒すと思っているらしいな」

グレイシスは苦笑したが、エルティシアはそれがあながち間違いとも言えないことを身をもって知っている。さすがにこの間の時のように敷地の外でということはないが、寝室から離れた場所でという意味なら本当に所構わずだ。

助け出された後のように湯殿ではもちろん、グレイシスの書斎や、屋敷の庭でということともあった。グレイシスは以前、エルティシアを見るたび押し倒したくなる、だから触れなかったのだということを話していたが、あれはもしかしたら正しい判断だったのかもしれない。

成長しきる前からこれだけの情欲を叩きつけられたら、おそらくエルティシアはその激しさに恐れをなして逃げ出していたはずだ。心身ともに大人になったから受け入れられている部分もあるに違いない。

『俺はあなたに触れずにはいられない』

その言葉どおり、グレイシスはエルティシアが傍にいる時は常にどこかに触れている。今も腰に腕が回り向かい合って密着している状態だ。おかげで妙な気分になっていた。

「早く式の日が来ればいいのに……」

思わずそうぼやいてしまうのは、両親や、フェリクス、そして貞淑なライザの手前、グレイシスの屋敷に泊まれなくなってしまったからだ。いくら婚約中だといっても、結婚前から同じ屋根の下で暮らしているというのは聞こえが悪いからと自粛しているのだ。

夜に二人で過ごす時間が減ってしまった分、どうしても昼間、それも機会があればどこでも……というふうになってしまう。

だから早く結婚式の日にならないと本当に困るのだ。屋敷のみんなに呆れられているのだから。

「式といえば、グレイ様。本当にこぢんまりとでいいんですか？　准将ともなると、もっと大々的にした方が……」

結婚式には最低限の人しか呼ばないことになっている。それはラシュター公爵の秘密を守る意味あいもあるが、本当はその式に国王陛下がこっそり紛れて出席することになっているからだ。秘密は知っている人間が少なければ少ないほどいい。そうすることによってグレイシスはフリーデ皇太后の魔の手から逃げおおせることができたのだから。

結婚式もラシュター公爵ではなくロウナー准将として執り行うことになっていた。

「あなたはこぢんまりとした式の方がいいんだろう？　俺は構わない。あなたの望むとおりの式を挙げることが俺の希望だ」

「グレイ様……」

エルティシアはぎゅっとグレイシスの腰に抱きついた。

幸せでどうにかなってしまいそうだ。

「シア……。相変わらずあなたは俺をその気にさせるのがうまい」

グレイシスは呻くと、エルティシアの腰を引き寄せ更にぎゅっと密着させた。彼の欲望が頭をもたげているのをドレスとトラウザーズ越しに感じて、頬が染まる。

顔を寄せるグレイシスに唇を差し出しながら、エルティシアは自分の身体も応じるように熱くなってくるのを感じた。

キスが深まるにつれ、子宮がキュンと疼いて、胎内からどろりと蜜が零れ落ちる。

「……本当に二人きりだったら……」

顔をあげたグレイシスに熱の篭もった声で囁かれ、この森で彼を受け入れた時のことを思い出してしまい、今度こそ全身を赤く染めた。

「ぐ、グレイ様……！」

「今度は二人きりで来よう。約束だ」

「……は、はい」

それは淫らな二人だけの秘密の約束——。

「……一体あの二人は何をしているの……」

ライザは困ったように呟く。少し先を行くエルティシアとグレイシスがいきなり立ち止まり、抱き合ったと思ったら今度はキスを始めたのだ。

「本当に歩く公害だねぇ」

フェリクスもやれやれとため息をつく。

「歩く公害」とはグレイシスの屋敷に勤める使用人たちの間で最近使われるようになった言葉で、当然グレイシスとエルティシア二人のことを指している。どこでもお構いなしなので、使用人の方が気を使わなければならないらしい。

フェリクスとライザはあの二人をどうにかして欲しいと、みんなから泣きつかれているのだ。

「まぁ、今はお泊まり禁止だから、どこでも盛ってるけど、結婚すればさすがに寝室に落ち着くだろうさ」

　フェリクスは気楽に答えた。やはりどこか他人事なのだろう。そんなフェリクスにライザはごく当たり前の指摘をする。

「ねぇ、別にお泊まりは禁止でも寝室に二人で篭もるのを禁止したわけじゃないわよね。だったら寝室に行けば済むわけよね？　だったらなんで所構わずなのよ？」

「……確かにそうだ」

　二人は顔を見合わせ、結婚後も「歩く公害」の被害は続くであろうことを悟ったのだった。

　――しばらく経って、ようやく動き始めたエルティシアたちに合わせて足を運びながら、ライザはふと思い出してフェリクスに尋ねた。

「そういえばさっきロウナー准将から何を渡されていたの？」

　屋敷を離れる直前、グレイシスがフェリクスに何か紙を手渡し、耳打ちしていたのを彼女は目撃していたのだ。

「ああ、見てたのかい？　あれはグレイに預かっていて欲しいと頼まれたものだ。シアには絶対に内緒にしておいて欲しいってさ」

　ライザは眉を顰めた。

「シアには内緒？　何よそれ？」

フェリクスはしばし考えた後「まぁ、いいか」と笑う。

「シアに秘密にすると誓うなら見せてあげるよ。君と僕の仲だしね」

「そんな仲ではありません！」

ライザは反射的に言い返してから「まぁ、友達というくらいなら……」とモゴモゴと付け加える。

「とにかく、誓うわ」

ライザは胸に手を当てて、誓いを立てた。

「ライザ・エストワールの名において、シアに秘密をもらしたり、仄めかしたり絶対にしません。……これでいいかしら？」

「もちろんだとも」

フェリクスはクスクス笑って、上着の内ポケットから一枚の羊皮紙を差し出す。

「ほら、ごらん、これだ」

「あら、これって、結婚宣誓書？　……って、ちょっと、これって！」

結婚宣誓書を手にライザは仰天した。

宣誓書にはグレイシス・ラシュター公爵とエルティシア・グリーンフィールド伯爵令嬢の直筆の署名が入っていた。証人の欄にはフェリクスと、そして執事のレーンのサインもある。

けれどこの宣誓書の中でもっとも驚くべき箇所は、後見人の欄の署名だった。新郎新婦それぞれの欄には、現国王陛下とジェスター・グリーンフィールド将軍の署名があったのだ。

「これ、本物？　式はまだのはずよね？　式の時に新郎新婦が書き込んで、その後、後見人が署名するのが普通でしょ？」

「もちろん本物だ。実はね、式ももう本当は済んでいるんだ」

「あ、もしかして……！」

以前シアが結婚の誓いをしている場面を夢に見たと言っていたことがあった。二人の結婚は偽りであったため、ライザはそれをエルティシアの願望が見せた夢だと解釈していたのだ。

だが、この結婚宣誓書が本物だとすると、シアが頭を打って意識がはっきりとしていないうちに、グレイシスは証人を立ててすでに結婚式をあげていたということになる。エルティシアが、そしてライザが夢の中の出来事だと思っていたことは、本当に起こっていたことだった。

「うちの礼拝堂で知り合いの神父を呼んでね。目覚めた直後のことで、シアもまだ意識が混濁していたから覚えていないんだろう」

「なんてこと……そんな状態のシアを連れ出して式をあげるなんて……」

呻いてからライザはハッとフェリクスを見上げた。

「待って、じゃあ、偽りの結婚を真実にするんだって言っていたことは？　今度あげる予定の式は何なの……？」

前を行く二人をちらりと見てライザが小声で尋ねる。「ドレスの色は何にしようかしら？」などと悩ましくも嬉しそうにしていたエルティシアの顔が脳裏に浮かんで、どうしたらいいのか分からなくなる。

フェリクスは笑ってライザの背中をポンと叩いた。

「心配はいらない。ちゃんと次の式に立ち会う神父には説明をしてあるから。これは立派に成立している宣誓書だから、式の真似事ってことになるけれど。それは我々と一部の人間以外は知らないし、別に知らなくていいことだ。君もシアには一生内緒にしておいて欲しいな」

「……誓ったんだから、心配しなくても言わないわ。……と言うか、言えないわよ。あんなに式を楽しみにしているシアに水を差すようなまねなんてできないもの」

ライザはきゅっと口を引き結んだ。

偽りだと思っていたことが偽りではなく真実だった。ライザの非難も的外れだったわけだ。グレイシスは偽りの結婚につけこんだのではなく、正当な権利を行使しただけ。……もっとも、妻の方はまったくあずかり知らぬことだったのだが。

ライザはグレイシスの後ろ姿を睨みつけた。するとその気配を感じたかのように、何と足を止めてグレイシスが振り返ったではないか！

グレイシスはライザを見、それからフェリクスを見てから眉を上げると、再び前を向いて歩き始めた。その片手は相変わらずエルティシアの腰に回されている。

それが彼のエルティシアに対する執着心の強さを表しているようで、ライザはぞっと背筋を震わせた。

彼はユスティス伯爵との結婚話を知って「どんな手を使っても手に入れる」という宣言をしたらしいが、その言葉どおり、エルティシアの通常ではない状態につけこんで、誰にも手を出せない状況を作り上げたのだ。

国王と、将軍。この二人が署名した結婚を覆せる人間などいない。たとえエルティシア本人が嫌だと言っても。

「とんだ男だったわけね、『黒い狼』は」

ライザは呻いた。

エルティシアが崖から転落した時。……いや、目覚めて記憶がないと分かった時、もしかしたらあの時にすべてが決していたのかもしれない。

ライザは、エルティシアが目覚めた後、彼のことを覚えていないと言った時のことをよく覚えていた。

グレイシスはエルティシアの記憶喪失を知り青ざめショックで顔を歪ませていた。ところが即座に立ち直り、笑みさえ浮かべて「俺の妻だ」と宣言したのだ。きっとあの時、偽りの結婚を利用してエルティシアを手に入れようと思いついたのだろう。

――あれは獲物を捕らえた笑みだったのではないのか？

「だから、狼なんだよ」

フェリクスがクスクス笑い出した。

「グレイ様、どうしたの？」

足を止めたグレイシスに気づき、エルティシアが見上げると、彼は後ろを振り返ってフェリクスとライザを見ていた。

グレイシスには二人の様子から自分のことが話題になっていると分かっていた。けれど、他人に何を言われようが構わなかった。彼にとって重要なのは、エルティシアが彼の傍にいて、笑っていることなのだから。

「……いや、何でもない。さぁ、行こう」

そう言ってグレイシスはエルティシアの腰に手を回したまま歩き始める。

「はい」

エルティシアはグレイシスに寄り添いながら、彼の傍にいられる幸せを噛み締めていた。

あとがき

初めましての方も再びの方もこんにちは。拙作を手にとっていただいてありがとうございます。富樫聖夜《とがしせいや》です。

今回の話は編集のYさんが「ヒロインがヒーローを追いかける。けれど、ヒーローは何かの理由があって最初それを拒否する」という話が読みたいとおっしゃったことから考えたお話でした。ヒーローが軍人なのは私の趣味です。でも軍人設定にしたらあっという間にストーリーの骨格やキャラが出来上がり、今の形になりました。

ただ最初の予定ではコメディとして考えていたのです。前作がシリアスだったので。ところが、蓋《ふた》を開けたらかなりシリアス寄りになっており、特に中盤はなかなか明るい雰囲気にできませんでした。最後にようやく明るく終われてホッとしております。

ヒロインのシアは、設定のせいで今までのヒロインの中で一番大変な目に遭っているのではないかと思います。でも最初は全く動こうとしなかったグレイに代わって、随所で頑張ってくれるヒロインで、とても書きやすかったです。

ヒーローのグレイは今度こそと思ってクーデレを目指しました。が、乙女小説でクーデレは難しかったです。結局、ただのむっつりスケベに……。ストイック設定はどこへ行ってしまったのでしょうね。色々と苦労しているせいか、今までの私のキャラの中では性格の破綻もなく、歪みは少ないキャラになりました。

脇を固めるのはフェリクスとライザ。脇役好きなので、この二人を書いているのは楽しかったです。ただ、フェリクスはキャラ立ちしすぎて、ヒーローを食わないようにするのに苦労しましたが……。彼に関してはまだ出してない部分も多いので、そのうち別の形でお目にかけることができたらいいなと思います。

イラストの涼河《すずかわ》マコト様。とても素敵なイラストをありがとうございました！　そして色々とご迷惑をおかけしてすみませんでした！　グレイはカッコいいし、シアもすごく可愛くて、ラフをいただいてのたうち回りました。

最後に編集のY様。毎回ご迷惑をおかけして本当にすみません。何とか書き上げることができたのもY様のおかげです。ありがとうございました！

それではいつかまたお目にかかれることを願って。

富樫聖夜

この本を読んでのご意見・ご感想をお待ちしております。

◆ あて先 ◆

〒101-0051
東京都千代田区神田神保町2-4-7 久月神田ビル7階
㈱イースト・プレス　ソーニャ文庫編集部
富樫聖夜先生／涼河マコト先生

軍服《ぐんぷく》の渇愛《かつあい》

2014年11月7日　第1刷発行

著　者　富樫聖夜《とがしせいや》
イラスト　涼河《すずかわ》マコト
装　丁　imagejack.inc
DTP　松井和彌
編　集　安本千恵子
営　業　雨宮吉雄、明田陽子
発行人　堅田浩二
発行所　株式会社イースト・プレス
〒101-0051
東京都千代田区神田神保町2-4-7 久月神田ビル8階
TEL 03-5213-4700　　FAX 03-5213-4701
印刷所　中央精版印刷株式会社

ISBN 978-4-7816-9541-9
定価はカバーに表示してあります。